O AZUL
DAS ABELHAS

Tradução
Natália Bravo

Preparação e revisão
Lucilia Lima Teixeira

Capa e projeto gráfico
BR75 | Raquel Soares

Diagramação
BR75 | Raquel Soares

Produção editorial
BR75 | Clarisse Cintra e Silvia Rebello

Dados Internacionais de Catalogação na Publicação (CIP)
(Câmara Brasileira do Livro, SP, Brasil)

Alcoba, Laura
O azul das abelhas / Laura Alcoba ; [tradução Natalia Bravo].
-- 1. ed. -- Rio de Janeiro : Editora Paris de Histórias, 2023.

Título original: Le bleu des abeilles
ISBN 978-65-996025-9-7

1. Ficção francesa I. Título.

23-150949 CDD-843

Índices para catálogo sistemático:
1. Ficção : Literatura francesa 843

Aline Graziele Benitez - Bibliotecária - CRB-1/3129

O AZUL
DAS ABELHAS

Laura
Alcoba

O AZUL DAS ABELHAS

Paris de Histórias
editora

Para vermos o azul, olhamos para o céu.
A terra é azul para quem a olha do céu.
Azul será uma cor em si, ou uma questão
de distância?
Ou uma questão de grande nostalgia?

CLARICE LISPECTOR, *A descoberta do mundo*

DEBAIXO DO MEU NARIZ

O ponto de partida da minha viagem se encontra em algum lugar debaixo do meu nariz. Estava ainda na Argentina quando eu me pus a caminho. Não sei mais se foi o meu avô que me anunciou que, em breve, eu faria aulas de francês – talvez tenha sido a minha avó ou uma das minhas tias. O fato é que um adulto me disse que eu começaria em breve e que era preciso que eu avançasse rapidamente, se não quisesse ficar completamente perdida quando chegasse a Paris. Minha partida estava próxima e eu devia estar preparada. *Daqui a dois ou três meses você vai se juntar à sua mãe.*

Em La Plata, primeiro eu aprendi a responder a questões simples em francês – *como você se chama? Qual é a sua idade?* – depois a fazer eu mesma essas mesmas questões a camaradas imaginários. Tomando bastante cuidado, a cada vez, para fazer as variações a partir das novas palavras que eu aprendia. Foi uma das primeiras coisas que a Noémie, minha professora de francês, me aconselhou.

– Tenho certeza de que você pode perguntar a mesma coisa de outra maneira, pense um pouco, ela me dizia em espanhol.

– Mmmmmm.... *você também tem oito anos?*

– Muito bem!

Com a Noémie, descobri novos sons, um r bastante úmido que a gente vai buscar no fundo do palato, quase na garganta, e as vogais que a gente deixa ressoar pelo nariz, como se quiséssemos ao mesmo tempo pronunciá-las e guardá-las um pouco para si. O francês é uma língua engraçada, ele solta e retêm os sons ao mesmo tempo, como se, no fundo, ele não estivesse tão certo de querer deixá-los partir — eu me lembro que foi a primeira coisa que eu disse a mim mesma. E também que eu iria precisar de muito treino.

Rapidamente, Noémie me mostrou alguns caracteres que eu nunca tinha visto, o acento grave e o circunflexo, e depois o *c* cedilha. Esse novo sinal, mais que os outros, eu o amei de cara: em La Plata, eu treinava sobre pequenos pedaços de papel, nas margens brancas dos jornais ou nas costas de envelopes vazios, escrevendo essa simples palavra: *français,* e às vezes apenas os *c* cedilhas, colados uns aos outros, ççç que formavam uma espécie de cadeia ou de sulco. Era uma forma de esperar pela partida que eu acreditava iminente.

Minha mãe refugiou-se na França no mês de agosto do ano de 1976 e a minha espera em La Plata não devia ser mais que um parêntese até que eu a reencontrasse do outro lado do oceano. Mas os meses foram passando, depois o primeiro ano, sem que eu deixasse La Plata. *Eu, eu tenho nove anos, e você?* — essa era, agora, a pergunta que eu fazia à Noémie.

Quando eu ainda estava em La Plata, ia visitar o meu pai na prisão a cada quinze dias, quinta-feira sim, quinta-feira não — lá, a quinta-feira é o dia previsto para as visitas, não temos escolha. Elas acontecem à tarde e na verdade duram bem pouco tempo, mas ainda que a prisão também fique em La Plata e que essas visitas aconteçam num horário fixo, isso toma o dia inteiro. É que antes da visita, tem que fazer a fila na frente da prisão. Depois é a revista à frente de uma senhora que se mantém silenciosa enquanto as que estão sob sua supervisão se despem, como fizemos tantas vezes, lado a lado, minha avó e eu. Se a senhora em questão fica em silêncio, é porque ela supõe que as que passam em sua cabine já sabem há muito tempo o que elas devem fazer antes de serem apalpadas. E ela tem razão. Do lado deles, os homens são submetidos ao mesmo tratamento pelos guardas que também se mantêm silenciosos, eu suponho. Depois vem outra fila de espera, dessa vez no interior da prisão, antes que a gente siga por um corredor e se coloque uns atrás dos outros, por famílias e sempre em silêncio, numa outra fila, em frente a um grande portão gradeado. Nesse ponto, acontece que alguém nos apalpe uma vez mais, apesar de já termos sido revistadas minuciosamente quando estávamos de calcinha em frente à senhora — mas dessa vez a revista é bem mais rápida, dura apenas alguns instantes. É como um reflexo que eles têm lá, eles apalpam apenas por apalpar. Depois tem uma outra grade que é preciso atravessar e enfim uma porta. Para passar por essa última etapa, como todas as outras, é preciso que os homens de metralhadora queiram de verdade, o que às vezes demora bastante tempo. É por isso que, quando eu ainda estava em La Plata e ia visitar o meu pai na prisão, eu sempre faltava à escola — sempre às quintas-feiras. Ninguém, no entanto, me fazia perguntas, nem a minha professora, nem os meus colegas de classe. Quinta-feira sim, quinta-feira não eu desaparecia, era tudo.

Quando eu chegava até ele, meu pai sempre me falava dessa viagem que eu faria em breve e para a qual eu devia me preparar. Ele dizia que, depois da minha partida, nós iríamos nos escrever, mas que era preciso fazê-lo com regularidade, pelo menos uma vez por semana, para que, sobre o papel, nós mantivéssemos uma espécie de conversação. Eu me sentia pronta, sim, eu escreveria. A cada quinta-feira eu renovava a minha promessa.

Essa partida me provocava medo, às vezes. E, no entanto, eu também tinha muita vontade. Não poderia mais desaparecer às quintas-feiras para ver o meu pai. Mas é que eu tinha pressa de rever a minha mãe, que já estava na França há muito tempo. Sempre há mais tempo. *Há um problema com os documentos, mas você vai se juntar e ela em breve, isso não vai demorar.* Repetiam isso para mim o tempo todo, mas nunca acontecia.

Noémie é morena, tem cabelos longos e uma pinta quase na ponta dos lábios, um pouco acima da boca. Uma pinta que eu associei imediatamente ao francês, essa língua que eu queria que fosse a minha, com as vogais pronunciadas pelo nariz. Desde a minha primeira aula, em La Plata, eu segui os movimentos da pequena pinta escura, postada justo acima dos lábios de Noémie, antes de repetir, eu mesma, os sons e as palavras que ela havia acompanhado. Foi assim, em La Plata, graças à Noémie e à sua pinta que, ainda que a minha partida fosse sempre adiada, eu me pus a caminho. Para algum lugar debaixo do meu nariz.

Noémie e sua pinta passavam duas noites por semana na casa dos meus avós, para me ajudar na grande viagem que eu deveria fazer *em breve, muito em breve, dessa vez sim, está chegando.* Depois dos bonitos caracteres e das questões às quais eu tinha que responder fazendo as minhas próprias variações, Noémie me ensinou as músicas, *Au clair de la lune,* primeiro, depois *Frères Jacques.* Em La Plata, minha professora pensava que esse repertório seria essencial para a minha futura *integração,* como ela dizia o tempo todo. *Para se integrar, você vai precisar saber cantar isso tudo. À la claire fontaine* também.

Mas a minha viagem era sempre adiada, então Noémie pensou que eu talvez tivesse tempo de prosseguir minha aprendizagem com a ajuda de um manual. É nesse primeiro livro francês que eu aprendi que, aqui na França, todos os cachorros se chamam *Médor*, e os gatos, *Minet*. E muitas outras coisas que, naquele momento, me pareciam bastante úteis.

Até a última aula, ainda que a Noémie se esforçasse para me fazer avançar com o manual, meu curso de francês se iniciava com o jogo das questões e variações, seguido pelos encontros com colegas imaginários. *Você também tem dez anos, não é?*

Noémie incarnava, alternadamente, diferentes crianças, personagens que se tornaram familiares, Marguerite, Catherine e Jean, crianças que nós tínhamos, juntas, imaginado a aparência e a história e que, com o passar dos meses e das estações, haviam crescido no mesmo ritmo que eu. Marguerite tinha um cachorro, enquanto Jean tinha sempre gostado dos gatos. Quanto a Catherine, minha preferida, ela via o Sena da janela do seu quarto, e até mesmo *la tour Eiffel*. No começo, Marguerite, Catherine e Jean brincavam de *toboggan* e de *balançoire*, depois cada vez menos, mas eles comiam sempre *croissants* e *crêpes au sucre* e tinham sempre uma pinta acima da boca. Eles não se conheciam, mas eu os conhecia muito bem, nós nos encontrávamos em diferentes pontos de Paris que Noémie me ensinava a localizar no mapa. A cada aula, na sala de jantar dos meus avos, nós nos transportávamos para *lá* — quer dizer, para *cá*.

Porque um dia eu parti, para sempre.

Foi em janeiro, nos primeiros dias de 1979, há apenas alguns meses — ou há uma eternidade, já não sei mais muito bem.

QUASE VERDADE

Um dia, acabei encontrando a minha mãe na França. Eu apenas não fui morar em Paris, como tanto me diziam, mas bem ao lado.

Enfim, até mesmo isso não é completamente verdade.

Não se pode dizer que Le Blanc-Mesnil fique ao lado de Paris, na verdade é um pouco mais longe. Por vezes, eu tinha até a impressão de que era muito mais longe.

Foi, no entanto, o que eu contei para a minha amiga Julieta na carta que enviei, logo depois de chegar. *Como você pode ver no meu endereço, eu não moro em Paris, mas bem ao lado.* Eu escrevi isso porque era mais simples, no começo, mas também porque Paris é o destino que estava previsto para mim há muito tempo, ao qual eu tinha me preparado por tanto tempo. Se eu tivesse escrito para ela que para chegar à Paris de Le Blanc-Mesnil é preciso atravessar Drancy, Bobigny e Pantin, sei bem que ela teria ficado bem decepcionada, e teria ido contar para a Ana, para a Verônica e para os outros que, na verdade, eu não moro em Paris de jeito nenhum. Imagino que ela até mesmo teria dito que antes de partir me contaram histórias, que eu me deixei enganar. E depois, de todo o modo, dizer que eu moro ao lado de Paris não é totalmente falso, a gente pode dizer que é quase verdade.

Na última vez que nos vimos, Julieta me pediu para lhe contar sobre *la torre Eiffel* e *Notredám* assim que eu estivesse lá, do outro lado do oceano. Então, na carta que eu lhe enviei, pus um cartão postal no qual se via a torre Eiffel, depois contei sobre o inverno e a neve em pleno mês de janeiro — com as minhas histórias de frio, neve e poças congeladas, eu estava certa de causar um pequeno efeito em La Plata, no coração do verão austral.

Às vezes, a gente tem a impressão de que há pedaços de diamantes e cristais pelo chão, mas é apenas o espaço das poças que congelaram. Além do mais, basta mexer nelas para que se quebrem em muitos pedacinhos. Quando a gente estoura as poças saltando com os pés juntos, a gente tem a impressão de estar em cima de pedacinhos de espelhos — é mais ou menos isso o que eu contei para a Julieta, em espanhol, na minha carta.

Julieta me respondeu que, graças ao que eu escrevi e ao belo cartão postal, ela pôde me imaginar perfeitamente sob a torre Eiffel com um gorro de lã colorido, diante de um chão todo brilhante, *que lindo!* Como é bonito! Devo dizer que a resposta de Julieta me aliviou bastante. Ela me via lá: já era alguma coisa.

Logo depois de chegar na França, também enviei uma carta e um cartão postal para a Noémie. Para ela, eu procurei uma foto onde se via o cais do Sena, um lugar onde frequentemente ela me havia feito encontrar os nossos personagens preferidos, Cathérine e sua avó Marinette. Na imagem que eu escolhi para a Noémie, via-se a Notre-Dame por detrás das bancas abertas de alguns livreiros, lá mesmo onde eu havia conseguido, pela primeira vez, esconder, numa mesma frase, três vogais sob o meu nariz. O que eu fiz de forma suficientemente credível, pelo menos é o que parecia dizer o sorriso de Catherine logo seguido pelo de sua avó, sob a mesma pinta. Não relembrei esse momento à Noémie, essa conversa sobre o cais de um Sena imaginário, que tinha ficado nas minhas lembranças como a minha primeira exploração nasal, o momento em que, em La Plata, na casa dos meus avós, na mesa da sala de jantar, eu tinha finalmente me posto a caminho. Mas eu esperava que, só de ver a imagem que eu havia escolhido para ela, ela se lembrasse No verso do cartão, retomei a minha história de neve e de poças d'água sob um filete de cristal. Mas evitei dizer à Noémie que durante os primeiros dias passados na França eu não tinha entendido muita coisa quando escutei o francês falado *de verdade*. Também não lhe disse que no meu prédio havia dois cachorros, um pastor alemão e um outro, bem pequeno e encorpado, os dois se chamavam Sultan. É que ela teria ficado bastante surpresa. Imaginava Noémie e sua pinta, diante de outro aluno de francês, debruçados sobre o manual onde a gente vê esses dois personagens, *le chien Médor* e *le chat Minet*, explicando: *é assim que a gente chama os cachorros e gatos na França*. Então, contar pra ela sobre os dois Sultan do meu prédio... eu não podia fazer isso com ela.

O que é bom, com as cartas, é que a gente pode transformar as coisas como queremos, sem mentir. Escolher à nossa volta, fazer de um jeito que, no papel, tudo fique mais bonito. A neve e a geada em pleno mês de janeiro, no mesmo momento em que, em La Plata a gente borrifa água fresca no rosto para suportar a umidade do verão, é verdade. E as poças de água congeladas, brilhantes como espelhos que não pedem mais do que serem partidos em pedacinhos, mais de uma vez, eu os vi da janela do meu quarto — durante os longos meses de inverno, nas vias do conjunto habitacional da Voie-Verte, em Blanc-Mesnil, diria-se que elas desenham caminhos pontilhados.

QUARTIER LATIN

Eu moro com a minha mãe e a Amália num prédio de quatro andares, no conjunto habitacional da Voie-Verte.

Em La Plata, eu não tinha imaginado as coisas assim. Nem Le Blanc-Mesnil — e sua via que alguém, um dia, viu toda verde, nem Amália.

Amália era pequena e bastante gorda, com alguns raros cabelos que ainda assim faziam cachos, cabelos de uma cor indecifrável. Ela diz que tem quase a mesma idade da minha mãe, mas parece mais velha, muito mais velha. Ela não tem um dente, um dos caninos da parte de cima eu acho. Seus dentes de baixo também não parecem estar completos. Minha mãe mora com ela porque é sempre mais simples de pagar o aluguel quando são duas pessoas, até mesmo em Blanc-Mesnil, no fundo da Voie-Verte. Elas foram juntas para a Universidade, as duas estudaram História.

Então, quando elas se encontraram, por acaso, em Paris, depois dos desaparecimentos, do medo e dos mortos, elas naturalmente uniram forças.

Sim, eu compreendo, mas realmente não tinha imaginado as coisas desse jeito.

Entre Amalia e eu, desde o começo, houve como um gelo. Mas eu devo reconhecer que, de sua parte, ela fez um grande esforço para que a nossa relação mudasse.

Depois da distância dos primeiros dias, subitamente, ela começou a fazer piadas. Ela não parava de dizer que nós tínhamos mesmo sorte de estar desse lado da grande via que atravessa as cidades desse setor do Blanc-Mesnil. Do outro lado, é a cidade dos Quinze-Arpents, onde os prédios são mais altos e geralmente ainda mais sujos que os nossos. Nos Quinze-Arpents, há muitos negros e árabes, enquanto na parte em que nós moramos há uma maioria de portugueses, espanhóis e até mesmo alguns franceses. *Na verdade, você podia dizer às suas amigas que você mora no quartier latin...bem ao lado da África do norte e do Sahel — é que as distâncias não são as mesmas desse lado do oceano, não é verdade? Tudo se encontra aqui, cabe dentro de um lenço de bolso, olha... Mas pra gente, é o* barrio latino*, o verdadeiro dos verdadeiros.*

Sim, ela fazia um grande esforço depois do gelo dos primeiros dias, mas, na verdade, eu queria que ela parasse de sorrir o tempo todo com a sua dentição esburacada.

Bem acima da minha cama, com a ajuda de duas tachinhas azuis, recém-chegada, eu fixei uma folha com um cronograma detalhado, para as cartas. Tenho que escrever cinco cartas por semana, uma por dia, de segunda a sexta, antes da pausa de fim de semana, que dedico à leitura.

Na segunda-feira, eu escrevo ao meu pai. Normal, é o início da semana, o dia em que eu preciso cumprir a minha promessa mais importante. Depois disso, eu encadeio uma semana epistolar sem falta até a sexta-feira — já virou um hábito. Às terças e às quartas-feiras, eu escrevo a cada uma das minhas avós. Na quinta-feira, a uma das minhas tias ou a um dos meus primos — mas eles são muitos, do lado dos tios e primos, tenho que fazer escolhas, então eu alterno. Para não escrever sempre aos mesmos, tenho um pequeno caderno onde anoto o nome da tia ou do primo escolhido e a data em que eu lhe enviei a carta. Na sexta-feira, escrevo a uma das minhas amigas que ficaram em La Plata. E no fim de semana, tento avançar na leitura dos livros que meu pai me aconselha.

Foi ele que teve a ideia. Na prisão, ele lê bastante, primeiro os livros aos quais ele tem direito todos os meses, mas ele encadeia frequentemente com os de outros prisioneiros porque eles encontraram um modo de os fazer circular. Minha avó que me contou. Então, como meu pai sabe que eu também gosto de ler, ele pensou que poderíamos ler alguns livros ao mesmo tempo. Ele lê em espanhol — as regras da prisão o proíbem de ler em outras línguas — ao passo que, em Blanc-Mesnil, eu leio, em francês, um dos livros que estão na sua cela. Isso nos dá assunto para as nossas correspondências — e ao mesmo tempo avanço na minha aprendizagem da língua francesa.

Às vezes eu tenho dificuldade de encontrar os livros que ele quer que eu leia, como esse *Vie des abeilles* de Maurice Maeterlink, que eu pedi desde a minha chegada na França, quase um mês antes que minha mãe descobrisse um exemplar usado na Joseph Gilbert, em Paris, no verdadeiro *Quartier Latin*. Um volume todo velho e seco — tão seco que pedaços minúsculos de papel se soltam dele e ficam nos meus dedos se eu viro as páginas muito rapidamente — mas cujo texto parece corresponder palavra por palavra ao que o meu pai tem em mãos na prisão de La Plata.

Nas suas cartas, meu pai copia, em espanhol, trechos inteiros de *La vie des abeilles* — *La vida de las abejas*, como ele diz.

É importante que ele escreva dessa forma, pois assim como só pode ler em espanhol, meu pai não pode escrever em outra língua, nem mesmo uma palavra. Para mim, é a mesma coisa quando eu envio cartas para ele, não tenho o direito de inserir nelas nem uma pontinha de francês. É que a nossa correspondência é revirada pelos serviços de segurança da prisão, tanto as cartas que entram quanto as que saem, ora, nada pode lhes escapar. Mas eu sei muito bem que o título do livro de Maurice Maeterlink é *La vie des abeilles* e que ele é dividido em sete grandes seções, a primeira não é *En el umbral de la colmena* mas *Au seuil de la ruche,* o que é mais estranho aos meus ouvidos, mas, no fundo, tão mais bonito. Tenho o livro sob os olhos, estou aqui para verificar tudo. Além do mais, as passagens que o meu pai copia em espanhol, eu as encontro sem dificuldade no meu pequeno volume de folhas amareladas — do qual guardo frequentemente uns pedacinhos minúsculos sobre os dedos, como areia de papel.

Meu pai não se contenta em reproduzir trechos inteiros de *La vie des abeilles,* ele os comenta com frases muito complicadas que, mesmo assim, tenho a impressão de compreender, às vezes. No meu caso, evito as longas apresentações — teria muito medo de dizer besteiras. Tento apenas discutir um pouco sobre as abelhas para mostrar-lhe que estou no jogo, que estou sim lendo o mesmo livro, como ele me pediu. Depois, copio no meu caderninho, em francês, algumas das partes que meu pai achou mais interessantes, mais belas ou mais misteriosas, e das quais também gosto. Como esse pedaço de frase que sublinhei antes mesmo que meu pai me falasse dele numa de suas cartas — talvez porque é um dos raros trechos do livro que não precisei reler triturando as minhas meninges, entendi tudo de primeira: *o azul é a cor preferida das abelhas.*

CLAPARÈDE

Em Blanc-Mesnil, eu precisei esperar um mês inteiro antes de poder ir para a escola. Então, uma vez, para não ficar sozinha o dia todo no conjunto habitacional da Voie-Verte, acompanhei minha mãe ao seu trabalho. Era o fim do mês de janeiro.

Tomamos vários ônibus para chegar até Paris. Depois, ainda mais um ônibus e o metrô, várias vezes, até o fim do dia. É que a minha mãe e a Amalia encontraram um trabalho estranho. Elas se deslocam com as crianças que fazem *uma terapia*, como elas dizem. Cada uma de um lado, vão buscar as crianças em suas casas, em bairros muito bonitos, para conduzi-las a uma grande casa que se chama *Claparède*, um lugar que também fica no setor onde as crianças moram, lá onde tudo brilha. Depois que terminaram o que tinham para fazer, elas levam as crianças de volta ao seu ponto de partida. É isso, o trabalho delas. Às vezes elas se encontram, cada uma com o seu, trocam algumas palavras na sala de espera de *Claparède*, mas na maioria das vezes elas contam suas idas e vindas ao fim do dia, quando voltam para casa.

Normalmente, cada uma delas caminha com uma criança por vez — de outro modo, seria muito complicado. É que mesmo se são grandes, essas crianças devem ser supervisionadas o tempo todo.

Não apenas quando atravessam a rua de mãos dadas com a minha mãe ou com a Amalia. Mesmo debaixo da terra, nos túneis do metrô, as crianças das quais cuidam não estão a salvo. É que elas poderiam tocar sem necessidade a campainha do alarme justamente no momento em que o metrô aparece — e, além do mais, abrindo um grande sorriso. Ou então baixar as calças e se agachar para fazer cocô na frente de todo mundo, nos degraus de uma escada rolante, antes de limpar as nádegas com as mãos — aconteceu uma vez, minha mãe me contou. O que é menos perigoso do que mergulhar a cabeça de cara sobre um vagão que sai do túnel, mas mesmo assim bastante irritante.

Chicos con problemas, como diz a minha mãe. Precisam de supervisão permanente, é por isso que elas só podem andar com uma criança por vez.

Mas nesse dia do mês de janeiro, não foi um incômodo eu acompanhar a minha mãe ao *Claparède*. Ainda que eu estivesse lá, isso não representava exatamente uma criança a mais, ela sabia que ninguém iria recriminá-la de me haver trazido com ela. Eu não me deito no chão do ônibus e nunca lambo as mãos das velhinhas revirando os olhos, eu sei me comportar, as pessoas do *Claparède* perceberiam imediatamente que a minha presença não impediria a minha mãe de fazer o seu trabalho corretamente.

É bastante cansativa essa atividade que elas encontraram, elas não têm de jeito nenhum o direito de errar. Ainda que algumas crianças sejam muito mais tranquilas do que a minha mãe e a Amalia me haviam dito. Como o loirinho que eu e minha mãe fomos buscar, na casa dele, bem ao fundo de um pátio muito bonito onde alguém teve o cuidado de recobrir as plantas de pequenas lonas transparentes para preservá-las do inverno.

Essa criança tinha o cabelo todo cacheado, as bochechas brancas e rosadas, como num livro de contos russos que eu havia lido, uma vez, e ele não dizia uma palavra.

Quando chegamos em sua casa, ele estava esperando comportadamente em uma cadeira, na entrada, bem ao lado de um grande espelho. Já tinha posto o seu casaco e mesmo um gorro e um par de luvas. Desde que nos abriram a porta, minha mãe pediu desculpas a uma senhora muito elegante, *je suis desolée, je suis venue avec ma fille*. Mas a senhora logo respondeu que não tinha problema. Ela ainda disse que isso agradaria ao Antoine — era assim que o garotinho tão loiro se chamava. É *verdade*, minha mãe disse em espanhol quando nós já estávamos no pátio, *parece que o Antoine está contente que você esteja aqui.*

Quando subimos no primeiro metrô, o Antoine se sentou num banco rebatível e depois se fixou no fundo do assento, fechou as pernas e o casaco como se quisesse ocupar o mínimo de espaço possível. Vendo-o fazer isso, mesmo que ele não tenha dito nada, me pareceu que era uma forma de me convidar a me sentar ao seu lado, então eu fiz isso. Também gosto muito desses assentos. O bom dos assentos rebatíveis é que a gente pode esquecer o cara a cara.

Antoine não disse nada durante esse primeiro trajeto. Em seu banco, quase não se mexeu: passou o tempo olhando pra frente como se brincasse de estátua. Sentada ao seu lado, eu também não falava muita coisa e também não me mexia — tudo isso, no entanto, não parecia incomodá-lo, bem ao contrário.

Depois nós trocamos de linha numa estação da qual eu me esqueci o nome, mas onde o túnel do metrô tem exatamente a forma de um pão de forma gigante. No segundo vagão do metrô, logo nos sentamos um ao lado do outro, em outros bancos rebatíveis. Como no vagão anterior, ele abaixou o seu com um simples golpe de nádegas — tive a impressão de que ele buscava limitar seus movimentos ao mínimo necessário. Em todo o caso, ele parecia ter uma técnica bem própria, que dominava perfeitamente.

Foi nesse segundo trem que o Antoine tirou do seu bolso uma concha com uma bala escondida bem no fundo, que ele logo se pôs a lamber. Pensei que aquela era uma ideia curiosa, de esconder uma bala no fundo de uma concha — nunca tinha visto doces daquele tipo. Depois, sem uma palavra, fez um gesto que me surpreendeu como pareceu surpreender à minha mãe: sem pôr os olhos em mim, fazendo apenas um movimento lateral com o braço, me estendeu uma concha, que visivelmente estava me oferecendo. Tinha também uma bala presa bem no fundo, mas era de uma cor diferente da dele. Então, imitei Antoine. Ele parecia curiosamente alegre pelo fato de que, lado a lado, cada um em seu banco rebatível, passássemos a língua sobre o fundo de uma concha toda brilhante de açúcar — a sua era amarela, como seus cabelos.

Na sala de espera do *Claparède*, sem olhar para mim, ele me deu outra concha — na verdade ele tinha várias nos bolsos. Para degustá-la, esperei que estivéssemos de novo no metrô, no caminho de volta, mais uma vez lado a lado, em outros bancos rebatíveis.

Isso dito, a maioria das crianças que frequentam o *Claparède* são muito mais agitadas que o Antoine. Como aquele menino que não para de agitar os braços. Diriam que ele quer afastar as cortinas dentro das quais estaria preso ou então afastar uma nuvem de mosquitos. E, no entanto, em volta dele, não há cortinas nem mosquitos, apenas os seus braços que batem em todas as direções — de minha parte, só assisti a esse espetáculo uma vez, mas me parece que essa criança faz sempre a mesma coisa. Não sei mais como ele se chama, ninguém o chamou pelo nome, então me esqueci. Mas ele, eu o tenho sempre na memória, como as caretas de dor que não paravam de atravessar seu rosto e não o deixavam jamais, segundo minha mãe — os insetos e as cortinas podem até ser invisíveis, mas tudo isso ainda lhe faz muito mal.

Quando minha mãe precisou cuidar desse menino, no dia em que eu estava lá, me mantive à distância, tanto no ônibus quanto na sala de espera do *Claparède*. Ainda que estivesse acostumada, minha mãe também não parecia muito tranquila. Ela pareceu mesmo estar curiosamente aliviada de ter conseguido levá-lo de volta à sua casa, para entregá-lo a outra senhora que a substituiu — parecia extraordinário que nada tivesse acontecido com ele durante todo o tempo que passou conosco, com os movimentos dos seus braços que não paravam nunca. Que ele ainda tivesse os seus grandes óculos, também. Ele não parou de lutar contra véus e insetos imaginários, de sofrer enormemente na batalha, mas os seus óculos continuavam sobre o seu nariz. E intactos, além do mais.

Ainda era cinco horas da tarde e, no entanto, já havia escurecido, quando fomos buscar a terceira criança, Paul. Paul estava sozinho na sua casa, mas estava visivelmente acostumado. Quando abriu a Porta, Paul estava de meias e segurava com a mão esquerda as pernas de um robô vermelho e azul. *Você precisa colocar os sapatos e também um casaco*, disse minha mãe. Então o seguimos até o seu quarto, bem ao fundo de um longo corredor cujas paredes eram cobertas de quadros que pareciam bem antigos. Como um museu, mas não havia ninguém — nada além do Paul, de meias, com uma perna de plástico na mão.

O chão do quarto de Paul era coberto de brinquedos quebrados — carrinhos, vagões e retroescavadeiras, mas sobretudo bonecos, robôs e super-heróis que raramente estavam inteiros. Cabeças, pernas e troncos espalhados pelo carpete. No conjunto, acho que reconheci o Superman, o Spiderman e mesmo o Goldorak, de longe o meu preferido. Mas, famosos ou anônimos, todos os bonecos estavam em pedaços.

Primeiro, Paul calçou o sapato, depois foi buscar o casaco que estava em cima da cama, do outro lado do quarto, pondo um pé depois do outro como teria feito um robô, quase sem dobrar os joelhos. Pegou o caminho mais curto até o seu casaco, sem se preocupar com os bonecos e heróis em pedaços que estavam no chão. Tanto na ida como na volta, pisou em cima de vários membros que se quebraram sob seus pés, sem que isso chamasse minimamente a sua atenção. Não mais que a cabeça vermelha e azul que esmagou com as botas. Provavelmente, ela ia com as pernas que ele tinha nas mãos quando nos abriu a porta — foi o que eu disse a mim mesma alguns instantes antes de vê-la desaparecer na lã cinzenta e felpuda que forrava o chão.

LULU

Há alguns meses, eu vou à escola Jacques-Decour. Estou orgulhosa — é a minha primeira escola francesa.

Atrás de uma grade, entre a Voie-Verte e os Quinze-Arpents, há muitos prédios modernos, altos e baixos. Então, é lá. É para a Jacques-Decour que vão as crianças das duas, mas há também os alunos que vêm dos sobrados que estão atrás da escola, umas casinhas bem bonitas, às vezes. Algumas têm até mesmo um pequeno jardim.

Para ser admitida, fui à sala da diretora, que me fez algumas perguntas às quais consegui responder. É preciso dizer que a maior parte delas foram bem fáceis — um pouco como as que a minha primeira professora de francês me fez tantas vezes em La Plata, ainda que, desde então, minhas respostas tenham tido tempo de mudar.

— Sim, eu já vou fazer onze anos.

No entanto, até o momento em que a diretora disse *bom, está bem, de acordo, vamos ver se ela consegue acompanhar,* não me senti segura. Ainda mais porque depois das perguntas que se pareciam com as que Noémie recheava as nossas brincadeiras, a diretora me perguntou uma coisa que não entendi, ainda que não tivesse demonstrado. Respondi que sim, com um sorriso, tentando parecer muito segura. Por sorte, ela parou por aí.

É que há escolas para as crianças que não falam bem o francês. A diretora fez questão de nos lembrar, bem no começo do nosso encontro, mas a minha mãe respondeu o que eu já sabia: ela não quer que eu vá, está mesmo fora de cogitação. É que a minha mãe só acredita na *imersão*. Ela tem esperança de que eu me dê bem com essa história de banho linguístico, que eu me vire o mais rápido possível. Do contrário, ela ficaria muito decepcionada, e eu também. Acredito mesmo que eu acharia isso humilhante. Depois de tudo o que ela me disse sobre a importância de ter sucesso nesse primeiro banho de francês.

No pátio da minha escola, no entanto, tento não falar muito. Não quero que reparem em mim. Não apenas porque tenho medo de entrar numa conversa que eu não dominaria, uma troca em que eu me perderia e que faria uma criança da Jacques-Decour dizer aos adultos que, para mim, isso não funciona, essa história de banho, que é preciso que me tirem da piscina. Mas também porque eu não gosto de mostrar o meu sotaque. Tenho vergonha dele. Quando eu percebo que repararam nele, toda vez, eu me sinto como num sonho que tenho frequentemente, no qual me vejo de pé bem no fundo de um ônibus no momento exato em que eu percebo que esqueci de me vestir, que eu saí de pés descalços e, às vezes, com nada mais do que uma calcinha. Quando me dou conta, é impossível resolver a situação, o ônibus já anda a toda velocidade, nada parece poder pará-lo, ele me conduz não sei pra onde, inelutavelmente — o pior, no entanto, não é que o destino me escape, é que todos os passageiros já repararam e todos têm os olhos vidrados em mim. Eles me viram e, sobretudo, eles *sabem*. E eu, eu sei que eles sabem, é isso o mais horrível, no fundo: sei que eles sabem e não posso fazer nada. Com o meu sotaque, tenho a mesma impressão que nesse ônibus a bordo do qual me embarcam frequentemente — quando vejo nos olhos dos outros que repararam, sinto uma vergonha terrível, gostaria de, subitamente, não estar mais ali, ou então de ser outra pessoa. Mas o meu sonho, geralmente, termina com esse sentimento, ao passo que, com o meu sotaque, depois da vergonha, isso continua. E é isso o que acaba me deixando nervosa e, às vezes, com muita raiva. É por isso que na Jacques-Decour eu prefiro escutar os outros, só falo quando me perguntam ou então quando verdadeiramente não tenho escolha.

Assim que eu fico sozinha, no entanto, de frente para o espelho do banheiro, eu treino a pronúncia de palavras complicadas, com muitos *r*, vogais anasaladas, muitos *g* e *s* entre duas vogais, as que crepitam e que fazem como umas cócegas na região do palato — *arrosoir, paresseuse, gelatine, raison, raisin, raisonne.* Eu também treino bem alto a pronuncia de palavras com *u* — *tu, tordu, mordu, pointu* — e mesmo os *u* sozinhos, *uuu* muito longos que faço durar o máximo possível, até que eu perca o fôlego. Para os *u*, na época das minhas aulas em La Plata, Noémie havia me dado uma dica: mover os lábios como se quiséssemos dizer *ou*, mas dizer *i*. *Você vai ver, isso funciona.*

É verdade que isso funciona. É preciso fazer os lábios acreditarem que vamos dizer uma coisa e dizer outra. No começo, é como se aramássemos para eles uma armadilha. Nas primeiras vezes, é verdadeiramente estranho descobrir que a gente pode enganá-los tão facilmente — a gente quase se decepciona com o fato de que a armadilha cumpre sua promessa. Mas, pouco a pouco, os lábios se soltam, eles aprendem a fazer o *u* sem que a gente precise enganá-los. Espero que eu me acostume — eu vou chegar lá.

Na Jacques-Decour, eu não falo muito, mas, ainda assim, consegui fazer alguns amigos. No fim da primeira semana, eu já tinha três, Luís, Ana e Inês. Mesmo tendo chegado depois do início do ano e sendo quase sempre silenciosa, eles me convidam muitas vezes para brincar com eles.

Luís e Inês são portugueses, Ana é espanhola — no entanto, entre eles, eles falam sempre em francês. Com eles, me sinto menos incomodada quando tenho que falar. Me parece mais simples do que com as outras crianças. Digo a mim mesma que, por causa da família, estão habituados. Às vezes, tenho a impressão de que formamos um pequeno grupo. O grupo do *quartier latin* de Blanc-Mesnil, como diria a Amalia: somos nós, os garotos do *barrio latino*. Sou o elemento mais silencioso do grupo, mas nos sentimos bem quando estamos juntos.

Como eu, eles moram nos prédios no entorno da escola. O de Luís é ao lado do ginásio, bem perto da Jacques-Decour.

De manhã, antes de ir para a escola, Inês e eu nos juntamos ao Luís embaixo do prédio dele — ainda que esteja a alguns metros do portão de entrada, ele sempre nos espera lá. Sem que tenhamos combinado, bem rapidamente, isso se transformou numa espécie de encontro marcado. Nós duas, nós descemos mais ou menos na mesma hora. Nos encontramos na ala central, depois encontramos o Luís pelo caminho. Às vezes, a Ana também se junta a nós embaixo do prédio do Luís, mas ela vem de outra direção.

Luís tem os cabelos bem escuros, quase pretos e lisos, surpreendentemente compridos para um menino. Sua voz é muito aguda e ele só brinca com as meninas. Então, todos os meninos o chamam de Lulu — isso os faz rir. *Ei, Lulu, diz a verdade, você é uma menina ou um menino?* Na maior parte do tempo, é um certo Carlos que começa, uma criança que mora no mesmo prédio que eu, mas com quem eu nunca falei. Carlos tem sempre um grupinho em volta dele, quatro ou cinco meninos, na maior parte das vezes os mesmos.

Geralmente, o Luís finge que não escuta. Por mais que tentem chateá-lo e dar muitas gargalhadas enquanto Carlos dá uns tapinhas nas costas dos meninos do seu grupo, o Luís continua brincando de elástico ou de corda, como se nada acontecesse. Nós, as meninas, a gente continua a brincar como se os meninos não estivessem lá, olhando para ele, se acabando de rir. Mas eles sempre recomeçam, *Mas é verdade! Diz pra gente, você é uma menina ou um menino? A gente quer saber, não queremos nada além disso, minha Luluzinha!* Eles riem muito, então o Luís acaba ficando nervoso e acontece que, por causa desses meninos, ele começa a chorar. *Pare, pare com isso, agora!* Depois das lágrimas, às vezes ele não consegue mais se controlar, começa mesmo a gritar, a dar chutes contra um adversário imaginário antes de, estranhamente, se pôr de joelhos como se o seu adversário invisível o tivesse obrigado — já o vi fazer isso muitas vezes, é uma versão estranha da raiva do Luís, que tem o mérito de afastar imediatamente os que estavam caçoando dele, como se, subitamente, estivessem amedrontados pelo que eles próprios provocaram. Quando o Luís fica nesse estado, a única que consegue acalmá-lo é a Inês — ela o pega pelos ombros, *vamos, Luís, deixa pra lá,* depois se afasta com ele enquanto vamos atrás, eu e Ana. Da Inês, eu gosto bastante. Acho ela muito bonita, tem os lábios bem desenhados, sempre rosados, quase vermelhos, às vezes, e os cabelos escuros, longos e cheios.

Uma vez, no entanto, tive pena dela.

Tudo começou quando ela enfiou na cabeça de me fazer perguntas sobre o meu país de origem, a Argentina. Ela queria saber se eu também era espanhola, como a Ana.

— Não, eu venho da Argentina.

— E onde é isso?

Ela nunca tinha ouvido falar desse país. Nem da América do Sul — *e onde é isso?* Então, ela me perguntou como eu havia feito para vir para a França, por onde eu passei para chegar naquele lugar no meio do ano escolar.

Ela ficou muito surpresa de me ouvir dizer que eu tinha vindo de avião, me olhava com os olhos bem arregalados. Tive medo de ter pronunciado mal a palavra, por causa das vogais anasaladas que às vezes ainda me resistem, principalmente quando eu fico emocionada — essa pergunta, não sei por que, fez os meus olhos se encherem de lágrimas. Quando eu preciso falar com os outros, de verdade, é sempre mais difícil do que na frente do espelho do banheiro — diante dos olhos incrédulos de Inês, eu sei bem que não tinha mais do que um filete de voz hesitante. Tinha medo de que ela tivesse entendido alguma coisa que parecesse com *o avionne,* então eu repeti a frase, vermelha de vergonha, ou talvez de raiva de mim mesma, não sei bem, e adicionei uns gestos antes de apontar o indicador para as nuvens, acima da cidade e, depois, de fazer uma nova tentativa — *sim, o avião, lá em cima.*

— De avião? Então, agora isso está muito esquisito. Eu e o Luís, a gente sempre vai para Portugal de carro. E a Ana também, ela pega o carro para ver os seus avós. Não é verdade, Ana? É muito caro, o avião...

Então, tentei explicar que não poderia ter feito esse trajeto de carro, que, se não tivesse vindo de avião, teria que vir de navio — uma viagem que teria sido muito longa.

— A Argentina, é muito longe. É do outro lado do oceano.

Vendo a sua expressão de surpresa, novamente, fiz gestos. Como se desenhasse sobre um globo terrestre imaginário o percurso que me havia conduzido até Blanc-Mesnil.

— A Argentina, é bem embaixo.

Na manhã do dia seguinte, a Inês não me esperou no caminho. Então, fui direto para o prédio do Luís. Foi quando eu cheguei perto da casa dele que eu os vi, os três, Luís, Inês e Ana: eles já estavam no pátio da escola, do outro lado do portão. Haviam ignorado o nosso encontro, de propósito.

Na sala de aula, logo percebi que a Inês estava com uma atitude estranha. Assim como o Luís, aliás. Nunca olhavam na minha direção, eu tinha a impressão de que eles faziam como se eu não estivesse ali. Só a Ana, no outro lado da sala, voltava os olhos para mim, vez ou outra. Não saberia dizer se ela tinha um ar aflito ou intrigado — o que é certo é que ela não me olhava como de costume.

No pátio, foi a Inês que, primeiro, veio até mim. Ela parecia bastante irritada.

— Não é verdade, o que você disse ontem.

— O que?

— Do avião, do navio, tudo isso. A Argentina não é tão longe assim.

— Mas...

— Não, você não passa de uma mentirosa! Você disse isso tudo para dar uma de interessante. Na verdade, você não passa de uma pretensiosa.

— Não é isso...

— A Argentina, o meu pai já foi lá. E quer saber? Para chegar até lá, ele tomou o trem e depois o metrô. Você fez pouco caso da gente com essa história de avião! A sua casa é bem perto, bem mais perto do que os nossos países!

Eu não conseguia mais falar. Fiquei lá, plantada, como uma idiota, olhando para ela, em silêncio.

— Avião! Do outro lado do oceano! Até parece!

Depois, ela pegou o Luís pelos ombros e eles se afastaram para brincar de elástico. A Ana, que havia assistido à cena, seguiu-os de imediato.

Tive vontade de chorar.

Como explicar para eles?

Também me aproximei, dirigindo à Ana um gesto que significava que eu gostaria bastante de substituí-la numa das pontas do elástico. É ingrato segurar o elástico, eu sabia que, como eu, ela tinha horror a isso.

Ana olhou para a Inês, que levantou os ombros, como quem diz que, ainda que eu não passe de uma mentirosa, por que não? No fim das contas, eles gostavam de mim, mas era como se estivessem me fazendo um favor: eu lhes dava pena.

Acho que o elástico inspira. Justo no momento em que tocou o sinal, de súbito, tive uma ideia:

— Você se lembra, no ano passado, do futebol? Da Copa do Mundo de 1978? Pergunta para o seu pai. É lá a Argentina, é o país onde foi a última Copa do Mundo.

Mais uma vez, fiz uns gestos para ter certeza de que me fazia entender. Dei muitos chutes numa bola imaginária enquanto repetia essa palavra, *futebol*.

Na manhã seguinte, a Inês me esperou no meio do pátio, como de costume. Nos encontramos e depois caminhamos em silêncio, enquanto nos dirigíamos ao prédio do Luís.

— Você tem razão sobre a Argentina. O meu pai viu pela televisão, teve uma Copa do Mundo lá.

Ela me disse antes de chegar ao portão da escola, depois repetiu para o Luís e para a Ana quando estávamos todos juntos, no pátio.

— Ela não mentiu sobre a Argentina. É um país que existe de verdade. Jogam até mesmo futebol por lá.

A QUINTA FOTO

Meu pai só pode ter cinco fotos na sua cela. É desse jeito, é o regulamento da prisão. Além do mais, é preciso que sejam pessoas com quem ele tenha um grau de parentesco cuja identidade tivesse declarado anteriormente. Isto é porque a administração prisional quer saber quem é quem e por que ele tem estas fotografias com ele. Só lhe são permitidas estas fotografias, não importa o tamanho. Podem ser pequenas, até mesmo minúsculas, pouco importa: ele só pode ter cinco fotografias na cela, nem uma a mais.

Acho que foi assim desde o início, mas eu não sabia. Antes, essa história de fotos não parecia tão importante. Eu nunca tinha ouvido falar dela, em todo o caso. Mas já tem um tempo que, em suas cartas, meu pai volta ao assunto. Antes de se despedir e de marcar o encontro da semana seguinte, ele sempre deixa um longo parágrafo sobre a foto que ele espera *como eu já te disse, tenho direito a cinco fotos. Mas eu só tenho quatro, então você pode me enviar uma, será a minha quinta foto.*

Daqui a pouco vai fazer dois meses que ele aguarda, *mas você continua sem me enviar e eu não entendo por quê.* Sobre esse quinto clique, aquele que vai completar e encerrar sua coleção, ele quer que eu esteja com minha mãe — isso lhe dará duas fotos em uma. Ele também quer que apareça a paisagem, *mas não muito, senão vocês vão ficar muito pequenas. Quero ver o seu rosto e o da sua mãe.* Ele quer que a gente tire essa foto perto de onde moramos, perto do nosso prédio, por exemplo, para tentar imaginar um pouco a nossa vida. Ou dentro do apartamento. Mas que a gente não esteja muito pequenas na foto, ele insiste neste ponto. E que não se veja mais ninguém — pois bastaria que aparecesse a silhueta de um desconhecido para que a foto fosse confiscada.

E esse aqui, quem é? O que é isso, hein? Você está de brincadeira com a gente? é isso o que, sem dúvida, gritariam para ele — e tomariam dele, de imediato, a sua quinta foto. Talvez ele não a visse nunca mais, até mesmo. É por isso que é preciso respeitar essa regra: nessa foto, não pode haver um desconhecido, ou alguém passando, ou um convidado surpresa.

Na sua última carta, ele parecia muito chateado comigo. *Você entendeu que eu estou aguardando com impaciência? Por que você ainda não me enviou? Por que você não diz nada sobre a foto, por que você faz como se eu não a tivesse pedido?*

E, no entanto, tiramos as fotos, eu e minha mãe, e em muitas delas pode-se ver nós duas. Além do mais, eu pedi para ela posar comigo pensando, justamente, nesta quinta foto que o meu pai aguarda: foi a Amália que nos fotografou, nem de muito perto, nem de muito longe, com uma decoração familiar, mas sem qualquer outra presença. Numa delas, é possível nos ver em frente à caixa de areia de Voie-Verte, em outras nós estamos em frente ao chão recoberto de neve fresca — são as que eu prefiro, por causa de todo esse branco espumoso à nossa frente, parece que alguém jogou um cobertor de algodão nos nossos pés.

Mas quanto mais eu olho, menos me decido. Essa história de quinta foto me bloqueou. Meu pai, no entanto, não se cansa de pedi-la. E eu, eu não lhe envio nada.

O que eu gosto bastante, nas cartas que nos escrevemos, meu pai e eu, é que às vezes eu consigo me esquecer de onde ele está — falar sobre as abelhas e sobre as cores às quais elas são sensíveis, eu adoro isso. *Na sua opinião, por que elas preferem o azul? E como conseguiram perceber isso?* Faço a ele, com frequência, as mesmas perguntas. *Dizer que a gente sabe qual a cor preferida de um inseto, isso é bizarro, você não acha? E se isso é verdade para as abelhas daqui, será que é a mesma coisa para as abelhas de lá? E para todas as abelhas do planeta?* Nas minhas cartas, eu me repito bastante, mas sei que isso não tem muita importância. Além do mais, meu pai nunca me repreendeu pelo fato de eu voltar sempre aos mesmos assuntos — ainda que sejam sempre os mesmos, ele, por sua vez, se esforça para me dar, a cada vez, respostas diferentes, ele sempre procura novos argumentos para tentar me convencer a propósito do azul. No fim, essa história virou uma verdadeira discussão entre nós. Ela o interessa de verdade, eu acho, depois de algum tempo essa história se transformou numa espécie de jogo — nosso jogo preferido, ao que parece.

Segundo ele, houve muitas experiências que permitiram a observação de que o azul é a cor preferida das abelhas. *Foi possível, por exemplo, plantar em volta de uma colmeia massivos de flores de cores variadas, em direções opostas, depois obrigá-las a permanecer na colmeia antes de liberá-las subitamente para ver em qual direção a maioria iria voar.* Foi a primeira resposta que ele me deu, mas eu voltei mediatamente com as minhas dúvidas. *A experiência dos massivos de flores não é suficiente, mesmo se elas foram conduzidas em massa. E se abelhas preferiram as flores azuis por causa do cheiro e não da cor? Essa experiência não funciona, plantar flores azuis não prova nada.* Estava curiosamente orgulhosa de haver encontrado essa réplica e contente que ele a tenha reconhecido na carta seguinte, eu tinha marcado um ponto: *você tem toda a razão, as flores azuis não são suficientes.* Mas ele, por sua vez, também não desistiu: *os cientistas puderam confirmar que era mesmo a cor que as havia atraído de um outro modo. Depois da experiência dos arbustos de flores, eles puseram pontos de apoio coloridos num campo. Marcos e mastros todos azuis e sem cheiro.* Dessa vez, foi ele que marcou um ponto. *Está bem, eu entendo. Não sei por que, mas ainda não estou convencida. Além do mais, seria preciso realizar essas experiências com todas as abelhas do mundo:* é meu argumento mais sólido, eu acho. *E se houver em algum lugar do planeta uma espécie de abelhas que não esteja de acordo com as outras?* Meu pai reconhece que isso é possível, mas ele confia no autor de *A vida das abelhas*: *ele fala do rosa vivo e do amarelo também, mas, de acordo com ele, é principalmente do azul que elas gostam, ele é firme sobre essa questão. E ele as conhecia muito bem. Quem sabe você não terá a chance de, um dia, verificar por conta própria que é o azul a cor que elas preferem? Sempre, em todas as circunstâncias, por todo o mundo. É o que diz Maeterlinck, e acredito nele.*

Adoro falar disso com o meu pai, frequentemente procuro novos argumentos para trazer de volta o debate. Ainda que, no fundo eu também esteja, há muito tempo, convencida de que o azul seja a cor preferida delas. Mesmo que eu não reconheça, meu pai acabou me convencendo.

O azul que as abelhas gostam, acima de tudo, é o azul claro, Maeternick sabe do que está falando, ele passou muito tempo as estudando. Em seu livro, ele se recorda de uma viagem que fez à Holanda, uma viagem que evoca como uma lembrança longínqua — será que ele era criança na época? Ele não diz nada sobre a idade que tinha na época, mas afirma que foi nesse país que ele viu as suas primeiras colmeias, numa região cheia de cores vivas, com armários e relógios que reluziam ao fundo de corredores.

Nesse canto longínquo da Holanda, Maeternick encontrou um velho senhor, seu primeiro mestre em matéria de abelhas. Ele escreveu umas coisas estranhas sobre ele. Esse homem, segundo ele, *era uma espécie de velho sábio que se retirou para lá onde a vida parecia mais rígida que em outra parte, como se fosse possível realmente estreitar a vida.* Procurei no dicionário todas as palavras que eu não entendia nas páginas que tratavam do velho senhor, não queria que nada me escapasse sobre ele. Isso me deu uma longa lista de novas palavras em francês: *pignon, enluminé, ouvragé, versicolore, pont-levis, vernissé, étain, faïence* — e muito mais. Eu quase sei de cor tudo o que se refere a esse velho holandês, como conheço *o muro esbranquiçado* de sua casa, onde ele instalou a das abelhas. Foi com ele que Maeternick aprendeu, sobre o azul. E o velho senhor também sabia do que estava falando — mais do que qualquer um, ao que tudo indica. Todas essas palavras que copiei no meu caderninho estão na primeira parte do livro de Maeternick, a que é chamada de "Na porta da colmeia" — minha preferida.

Mas, há algumas semanas, apesar das abelhas, não consigo mais me esquecer de que o meu pai está na prisão. Ele está na prisão e só tem direito a cinco fotos. Às vezes, acho que é por isso que eu não lhe envio nada.

Na sua cela, ele só pode ter cinco fotos e só tem um espaço livre.

Quanto mais ele repete isso para mim, mais isso me angustia.

Ele sempre volta a isso, longamente. Antes de terminar sua carta, há um parágrafo cada vez mais longo sobre essa quinta foto que ele ainda espera.

Meu pai chega a me dar longas orientações sobre a foto com a qual ele sonha, ao ponto de eu, às vezes, ter a impressão de que vejo a tal foto — *para que se possa ver os dois rostos e um pouco o que está no entorno, seria preciso uma espécie de plano americano mãe e filha. Você sabe o que é um plano americano?*

E ele não cansa de se surpreender, cada vez mais incomodado: *recebi de novo uma carta sem foto, por quê?*

É que eu também me faço perguntas. E se eu me enganar na escolha dessa última foto, hein? E se a foto não lhe agradar, e se ela não for suficientemente bela? Será que o meu pai vai poder liberar um espaço para que eu lhe envie outra? Será que eu vou ter uma segunda chance?

E mesmo nesse caso: suponhamos que eu escolha mal a quinta foto, mas tenha o direito de mandar para ele uma outra: será que alguém rasgaria a foto que não cumpriu sua promessa? Será que a queimariam? Será que a cortariam em pequenos pedacinhos com uma grande tesoura pontuda? E quem faria isso tudo, hein? Um guarda? A moça que faz a revista das mulheres, aquela que sempre tem um rabo de cavalo muito alto? O que ela faz quando não há visitas? Ao que ela dedica o tempo nos dias que não são quintas-feiras?

A isso, talvez, é bem possível: desaparecer com as fotos.

Mas eu não ouso perguntar a ele tudo isso — tenho medo de que isso o faça sofrer, como faz a mim. É por isso que o quinto lugar continua vazio.

Já é hora, no entanto, de lhe enviar — a foto perfeita, a foto ideal, a imagem digna de ser a sua quinta foto. A que saberá se impor perfeitamente, ao ponto de que nem passe por sua cabeça a ideia de desaparecer com ela para substitui-la por outra.

Todas as segundas à noite, no entanto, no momento de fechar o envelope onde ponho a carta para o meu pai, ela parte sozinha, sem a foto reclamada tantas vezes — como nessa segunda. Sei que ele ficará ainda mais chateado comigo, mas não consigo fazer de outro jeito.

Gostaria que ele pedisse isso à minha mãe. Mas eles quase não se escrevem — taí uma coisa que eu sei sem conhecer de verdade o motivo. É por isso, também, que não mando nada para ele, que finjo como se essa história de quinta e última foto não existisse — ainda que eu não pare de pensar nisso.

Não ouso abrir a carta do meu pai que recebi ontem porque já sei que ele vai brigar, ainda mais que na semana passada, com certeza. Sua carta chegou, ele me escreveu, como de costume. Mas eu tenho medo de tirá-la do envelope.

Como em todos os envelopes que vem da Argentina, há traços azuis, oblíquos, que formam como um quadrado em volta do endereço. E a inscrição VIA AEREA, em maiúsculas, no alto, à esquerda.

TUBOS

Na sala do nosso apartamento, nas paredes, há um papel de parede de formas geométricas. Ele é amarelo, laranja e marrom — *está na moda aqui*, disse minha mãe, quando entrei pela primeira vez no apartamento do Blanc-Mesnil. Não ousei perguntar para ela o que significava esse *aqui*. A moda específica do Blanc-Mesnil? Esse papel de parede lembra encanamentos, centenas de tubos que parecem envolver a sala. O apartamento inteiro, na verdade, porque ele está por todo lado, o papel de parede de tubos.

No quarto da minha mãe e no quartinho da Amália, perto da entrada, há o mesmo papel de parede da sala, com uma diferença: sobre os encanamentos alaranjados o papel está mesclado, como se as garras de um gato o tivessem esfacelado e aparecessem pequenos traços violetas na superfície dos tubos. Não é que ele esteja desgastado, não: é apenas uma variante.

Quando entrei no apartamento pela primeira vez, minha mãe estendeu uma das mãos em direção às paredes do apartamento com um ar de desolação. Depois olhou em direção ao teto, o da sala e o da pequena cozinha: é que há papéis de parede de tubos em todos os lugares, até mesmo nos banheiros. *Não faça essa cara! Pra mim também pareceu estranho, da primeira vez. Você vai ver, vai se acostumar.* Não há nenhuma parede branca no apartamento, só os rodapés e as portas escaparam dos encanamentos coloridos, e, ainda assim, não inteiramente: alguém achou necessário colocar um lembrete no centro de cada porta, recobrindo-as com um pequeno retângulo do papel de parede do cômodo, então cada uma delas tem faces diferentes, pois dois cômodos contíguos nunca têm os mesmos tubos.

No meu quarto, é a mesma coisa. Mas, em relação aos tubos, acho que tive sorte: os meus são quase os mesmos da sala, mas são da cor creme. Fico contente, principalmente, de ter escapado das mesclas.

No salão de tubos da minha nova casa, enquanto espero que minha mãe e Amália terminem as idas e vindas com as crianças do *Claparède* e que me contem as aventuras do dia — a cada vez que eu espero por elas, me pergunto se uma delas conseguiu morder um inspetor, por duas vezes não o fizeram por pouco, mas isso vai acabar acontecendo um dia — eu assisto com frequência à televisão. Minha mãe me diz que é uma boa maneira de me familiarizar com a língua francesa. Sempre essa história de imersão.

Da televisão, eu não entendo tudo. No geral, me esforço ao máximo para compreender o que é dito, mas, outras vezes, faço exatamente o contrário. Às vezes me acontece de fazer esforços para compreender o menos possível, então os sons que escapam da televisão me envolvem como uma música. Posso ficar bastante tempo assim, me deixando levar pela música da língua francesa — deixo as palavras para lá e só me interesso pela melodia, os movimentos de lábios de todas essas pessoas que conseguem esconder as vogais sob os narizes sem fazer qualquer esforço, sem pensar, *-an, -un, -on*, parece fácil, *-en, -unit, -oint*: eu escuto, admiro, aprecio. Digo a mim mesma que, em algum lugar dentro de mim, isso provavelmente faz efeito. É que o banho não é mais suficiente, quero ir bem mais longe: quero me encontrar no interior dessa língua, para sempre, quero estar dentro. Compreender cada som, do começo ao fim. Que as vogais sob os narizes terminem por me revelar todos os seus segredos — que venham se alojar dentro de mim num novo lugar, um recanto cuja existência eu ainda não conheço, mas que vai me revelar tudo sobre o itinerário que seguiram, o que seguem todos os que as multiplicam sem precisar, como eu, pensar nisso.

Prefiro os jornais e os debates políticos, principalmente quando tem George Marchais. Quando o seu rosto aparece na televisão, quase sempre me deixo levar: ele também faz muitos gestos, grita, se irrita e depois fica todo vermelho.

UM OLHO DE BONECA

Na Jacques-Decour, com cada vez mais frequência, a Astrid também brinca com a gente. No começo era uma amiga da Ana, mas parece que, já há algum tempo, ela faz parte do nosso grupinho, eu às vezes até falo com ela. O que é bom com a Astrid é que ela é francesa de verdade. Fiquei muito contente no dia em que eu contei para a minha mãe.

— E, no entanto, Astrid não é muito francês. Tem certeza de que ela é francesa? Qual é o seu sobrenome?

— Ela se chama Bergougnoux, Astrid Bergougnoux.

— Bergougnoux! Aí não tem dúvida, você tem razão, ela é francesa. Bergougnoux, não há nada mais francês que isso.

Como eu estava orgulhosa... Tinha, enfim, uma amiga francesa de verdade, uma criança da minha idade. Consegui encontrar uma, e a gente até conversou! Minha experiência com o Antoine, no dia em que acompanhei minha mãe ao Claparède, havia permanecido completamente silenciada, não contava — eu gostei de ficar ao seu lado nos bancos do metrô e tinha admirado os seus cachos dourados, mas, em termos de imersão, isso não me fez avançar nem um palmo. É que preciso que falem comigo — e que eu escute com atenção todas as palavras possíveis para que as guarde comigo. Desde que descobri que não há dúvidas quanto às origens da Astrid, a cada vez que ela abre a boca, presto atenção a tudo o que sai — o francês dela com certeza é mais verdadeiro que o dos outros, é o francês da fonte. Um francês Bergougnoux — nenhuma dúvida quanto a isso — é um francês transmitido de pai para filho. Há gerações, desde a noite dos tempos, talvez. Vai saber as raízes dessa língua.

Além do mais, ela é muito bonita, a Astrid. Muito mais que a Inês. Sua pele é clara e luminosa, parece que o seu corpo é iluminado por dentro. Ela tem pintinhas douradas nas bochechas, de um lado e de outro do nariz, e sardinhas dispostas em dois semicírculos que sobem pelas suas têmporas e que parecem desenhar sobre a sua pele um sorriso permanente. Então, quando está contente, parece que ela sorri em dobro, pelos lábios e pelas sardas, logo acima. E isso tudo combina bem com seu nariz ligeiramente retorcido. Se não fosse pelo olho, acho que ela seria a menina mais bonita do mundo.

Astrid tem longos cabelos castanhos e, no rosto tão claro e sempre sorridente, esse rosto capaz de sorrir em dobro, grandes olhos verdes amendoados. Quando a vemos pela primeira vez, acreditamos que ela é a beleza em si. Mas quando a observamos mais atentamente — *ah, que pena* — é isso o que a gente logo pensa.

É que, na verdade, dos seus belos olhos, apenas um é verdadeiro. O outro é um olho de vidro, é como uma dessas bolas de gude com as quais a gente brinca no pátio.

A bola de gude verde da Astrid foi mesmo muito bem feita, o olho de vidro é exatamente da mesma cor do olho que restou, com alguns raios azuis no interior — exatamente como o outro, o verdadeiro. É preciso olhar bem de perto para perceber que um dos olhos é falso, que foi fabricado e pintado como faríamos com um olho de boneca — mas esse olho não muda nunca, ele fica sempre paralisado, é por isso que a gente reconhece que não é um olho de verdade.

Parece que a Astrid perdeu o seu olho verdadeiro, o que tinha antes que enfiassem no seu rosto a pérola de vidro, totalmente por acaso, quando sofreu uma queda. Foi a Ana que me disse, quando estávamos no pátio. Eu não perguntei nada, no entanto, mas a Ana percebeu que o olho da Astrid me intrigava, então ela veio até mim, assim, e me disse: *A Astrid tem um olho de vidro. E você sabe por quê? Porque ela caiu da escada.*

Eu me pergunto como é possível, mas desde que a Ana pronunciou essa frase eu não paro de pensar nessa cena: Astrid com os seus cabelos longos, perdendo o equilíbrio na escola — não sei se foi na escola que aconteceu, mas é sempre lá que eu imagino —, Astrid caindo e depois rolando pelos degraus até embaixo, a toda a velocidade, de costas, de ombros e depois de cabeça. Chegando embaixo, sobre o tapete marrom e verde, um dos seus olhos deixa o seu rosto como se estivesse subindo pelas paredes. E a queda da Astrid acaba deixando apenas um buraco vermelho no lugar de um dos seus belos olhos. Ela chora e sangra. Ao mesmo tempo, no entanto, parece que ela sorri, por causa das sardas que sobem pelas têmporas formando dois grandes semicírculos, quase até embaixo dos olhos.

Quando ela fala comigo, enquanto me concentro para beber da fonte o seu francês Bergougnoux, é quase sempre para a bola de gude verde e azul que olho. Sei bem que ela enxerga com o outro olho, deve incomodar que eu sempre olhe para a esfera de vidro que só está lá para preencher um buraco, mas não consigo evitar. Porque ela está sempre igual: a pupila, imóvel, é como uma pequena mancha de tinta, perfeitamente redonda, os pequenos traços azuis sobre o fundo verde têm sempre o mesmo brilho. Nada muda nesse olho. O olho da Astrid me acalma.

QUEREMOS MAIS!

É verdade que nesse dia a carne estava boa na cantina, quanto a isso todos estávamos de acordo. Foi só sentir o cheiro que impregnava o refeitório que ficamos todos animados. Além do mais, sortudos, nossa mesa foi servida primeiro — o que nos colocava automaticamente como os primeiros a tentar obter algumas fatias de carne a mais, se sobrasse alguma coisa na cozinha. O que acontece frequentemente, *mas é preciso que todos da mesa tenham terminado os pratos para repetir!*, como sempre se diz. É por esse motivo que, quando a comida da cantina é boa, assim que acabamos de nos servir, comemos o que há nos nossos pratos a toda a velocidade. Sempre tem alguém na mesa para nos lembrar do que temos que fazer, *vamos, corre.* E a gente corre, sim: num piscar de olhos, limpamos os pratos para poder repetir, *on veut du rabe! Queremos mais, senhora!* A cada vez, gritamos o mais alto possível, agitando nossos pratos acima da cabeça para chamar a atenção das merendeiras. É que temos que ser rápidos, se não quisermos que a sobra pare no prato dos outros. É um pouco como uma corrida. Antes mesmo de entrar no refeitório, a gente se prepara, quando a gente sabe que tem batata-frita ou macarrão gratinado — que todo mundo vai pedir para repetir.

Gosto muito dessa palavra — acho que foi a primeira que eu aprendi na Jacques-Decour. Em *rabe,* o *e* mudo é ainda mais mudo que de costume, às vezes a vogal final chega mesmo a desaparecer. Quando a gente corre para conseguir a sobra, a gente pronuncia essa palavra prendendo a respiração no *b* — sem dúvida para que vá mais rápido, para que a gente consiga repetir e repetir muitas vezes antes que os outros também comecem: *Queremos mais! Queremos mais! Dê um pouco mais pra gente, aqui!*

Nesse dia, no entanto, ela estava especial, a corrida pela repetição do prato, porque dessa fez foi a carne que nos lançou na batalha. Não foram as batatas-fritas nem a massa que a fizeram começar, mas as fatias de carne fininhas e redondas que banhavam num molho marrom claro, quase inteiramente recobertas por um fino tapete de salsinha. Foi o conjunto que nos motivou, curiosamente. Bastou a moça pôr o prato no centro da mesa, recoberto por um papel filme laranja, que nos jogamos — tinha que ser rápido, vambora!

Como todos nós, a Dalila engoliu a sua parte em apenas alguns segundos — para ganhar a corrida ao prato extra, é importante trabalhar em equipe. Às vezes, tem os que comem devagar, as crianças que não estão tão animadas quanto as outras e comem no seu ritmo normal, mas isso é raro porque, se, numa mesa que se lançou à corrida, uma criança demora com o garfo, os outros não demoram a chamar sua atenção: *vai, engole!* Mas esse não é o estilo da Dalila. Como todos nós, ela não queria que a gente perdesse a dianteira. Ela foi até mesmo uma das primeiras a sacudir o prato acima da cabeça gritando *mais, queremos mais, senhora, aqui, pra gente!* Ela ainda gritava a plenos pulmões quando a merendeira apareceu com um prato com ovos cozidos. Foi aí que ela entendeu.

Sempre há ovos cozidos para os muçulmanos, quando nos servem carne de porco. Mas era tarde demais. Quando a moça dos ovos cozidos apareceu no refeitório, a Dalila não apenas já havia terminado seu prato como havia comido também um pedaço de pão: o prato que ela erguia acima da cabeça estava completamente branco. Dalila havia engolido tudo, até as folhas de salsinha. E, além do mais, ela tinha gostado: enquanto comia, ela não parava de fazer pequenos barulhos que diziam o quanto ela estava contente, ela havia mesmo se deleitado.

Assim que viu os ovos cozidos no fundo do prato, no espaço de alguns segundos, Dalila mudou completamente. Começou a chorar. A partir daí, não era mais o prato que sacodia, mas o corpo todo, com grandes soluços. A cabeça enfiada entre as pernas, parecia que ela queria vomitar a carne que há alguns instantes havia tanto apreciado. Mas não vinha nada, nada saía de seu corpo, além das lágrimas.

Ela havia comido carne de porco. Ela comeu um pedaço de carne de porco e, além do mais, celebrou isso, na frente de todo mundo.

Toda a nossa equipe ficou em silêncio, assim como as que estavam à nossa volta. A corrida pela repetição, de súbito, se encerrou, por conta própria. Muitas crianças se levantaram, o garfo em suspenso, para se dirigir ao local do acidente. Os muçulmanos que haviam desconfiado não fizeram disso uma razão para se orgulharem — seus olhares pareciam compadecidos. No entanto, não ousavam se aproximar, como se as lágrimas e os soluços de Dalila os tivessem afastado. A menos que tenha sido o seu erro que os mantinha longe dela, um erro que ela cometeu na frente de todo mundo?

Quando a ouvimos murmurar *eu estou com medo*, não soubemos o que fazer. Todo mundo parecia petrificado, um círculo de impotência e de espanto se formou à volta de Dalila. Só Luís teve a força de rompê-lo. Ele se aproximou dela, tentou abraçá-la. Mas a cabeça de Dalila continuava baixa, seus olhos fixando o chão. Por várias vezes, o Luís tentou endireitá-la, com gestos e palavras de consolo. Em vão.

Depois, Dalila disse as seguintes palavras:

— Eu comi carne de porco, mas não quero morrer. Eu não quero morrer.

UMA CENA BATIDA

Carlos mora no mesmo prédio que a gente, no apartamento acima do nosso, com a mãe, a irmã, uma moreninha que ainda não tem idade para ir à Jacques-Decour, e um cachorro, um dos dois Sultan. Tem uma cabeça grande e redonda e duas mãos imensas com dedos grossos que parecem de um adulto. Carlos é da mesma sala que eu, mas parece bem mais velho. A Ana acha que ele repetiu de ano pelo menos uma vez — é que ele é muito maior que a maioria das outras crianças. Até quando a gente o vê de longe, a gente percebe uma sombra acima dos seus lábios, pequenos pelos muito pretos que formam o começo de um bigode, como um rascunho de bigode, sempre escuro e brilhante, ainda que seus pelos sejam muito finos.

Seu Sultan é o menor — não é o pastor alemão, mas o outro, o cachorrinho com a pele flácida, o que parece usar uma roupa muito grande para ele.

Já há algum tempo, de manhã, Carlos me segue. Mas ele não anda comigo. Além do mais, nunca falamos um com o outro — se conheço o nome do seu cachorro é porque ele o chama cada vez que está pronto a lançar um pedaço de madeira acima da caixa de areia, *Sultan, vai buscar, é pra você!* Ou quando o cachorrinho, perdido no seu casaco de pele amassado, traz para ele o bastão, todo ofegante: *muito bem, Sultan, você é um campeão, meu Sultan!* Como se ele gostasse de dizer o nome de seu cachorro, provavelmente foi ele que escolheu — ninguém deve ter explicado a ele sobre o Médor e a França.

Carlos nunca me dirigiu a palavra e parece que não tem a intenção de fazê-lo um dia, mas adquiriu esse hábito: ele me segue. Cada vez que atravesso a porta do apartamento para ir à escola, sinto que ele já está me espiando do terceiro andar. Quando, atrás de mim, fecho a porta com chave, sei que ele já está pronto, talvez há bastante tempo — ele está só esperando, logo acima da minha cabeça, no andar de cima, antes de sair. Quando viro a chave duas vezes, para o Carlos, é como se alguém tivesse dado a ordem de partida. Ele aparece na escada, ao mesmo tempo que eu e no mesmo ritmo — só um pouco acima, é a única diferença.

É por isso que quando ponho a mão sobre a maçaneta da porta do prédio para descer na direção do caminho que atravessa a Voie-Verte, ele ainda está chegando na parte de baixo da escadaria. Ele segue *exatamente* o mesmo trajeto que eu, mas alguns metros atrás — então, sempre, uma vez que foi dada a partida, ele avança em cada uma das etapas que nos separam da escola quatro ou cinco segundos depois de mim. Nem mais, nem menos. Já verifiquei mais de uma vez, contando na minha cabeça — ele faz tudo como eu, mas alguns segundos atrás. Reproduz cada um dos meus gestos e os mesmos sons acompanham a sua progressão: os sapatos que atingem os degraus da escada, a porta que empurramos e as dobradiças rangendo, as solas de borracha que fazem vibrar a grade metálica que segura o tapete da entrada. Depois que a porta do prédio se fecha, fazendo ranger as mesmas dobradiças, mas de outro jeito — cinco segundos depois, os barulhos que fiz saindo de casa reaparecem como num eco, nas minhas costas.

Quando eu encontro a Inês, no entanto, o Carlos diminui os passos. Visivelmente, quer se manter à distância de nós duas, a partir de agora. Quando nos damos beijinhos, Inês e eu, tenho sempre a impressão de um eco nas minhas costas, mas, momentaneamente, os sons parecem alongados. Como o trailer de um filme que, por alguns segundos, alguém transmite num ritmo mais lento. Esses cinco segundos de intervalo parecem muito importantes para ele, ele os preserva freando assim. Quando nós voltamos a andar, entretanto, Carlos se ajusta de novo ao nosso ritmo, repetindo cada um dos nossos passos com cinco segundos de atraso, com a regularidade de um metrônomo. Até nosso encontro com o Luís.

Pois neste momento preciso, Carlos muda completamente de comportamento e de atitude. Assim que Luís aparece, ele não é mais a nossa réplica com atraso: tem a iniciativa de cada um de seus gestos. Quando vê Luís, é como se ele surgisse por detrás de um muro, brutalmente. Assim que o vê esperando por nós na porta do seu prédio, Carlos começa a correr, como faz o seu cachorro Sultan a cada vez que vê um bastão girando sobre ele mesmo por cima da areia. Ele chega subitamente até nós, depois empurra o Luís dando um tapa nas costas, um tapa que ressoa como o golpe seco de uma bola:

— Então, Lulu, minha bela, como vai?

Seu rascunho de bigode chega a fervilhar, ele se enche de pequenas gotas de suor apesar do frio da manhã.

De início, Luís não diz nada. Começa a andar bastante rápido, se aproxima o máximo possível da Inês e de mim, às vezes, chega a deslizar entre nós duas: a gente faz uma barreira. Como na saída do prédio, depois na cidade, essa parte do cenário matinal acontece, já há alguns dias, exatamente da mesma maneira. Não importa o que façamos, os gestos e as palavras do Carlos não mudam nem um pouco. Toda manhã, ele parece fazer questão de jogar o seu jogo até o fim:

— E então, minha pequena Luluzinha, o quê que você tem? Você está chateada, minha moreninha?

É sempre nesse momento que o Luís fica todo vermelho, ainda que permaneça silencioso. Ele se contenta em acelerar os passos, Inês e eu o imitamos. Mas o Carlos não nos deixa em paz. Nós nos esforçamos para não olhar para ele, para andar o mais rápido possível e, no entanto, ele continua bem perto da gente: nas nossas costas, o escutamos com a respiração ofegante, rindo por dentro. De manhã, a partir de agora, é assim que acontece. Carlos anda atrás da gente e a gente não consegue vê-lo. Mas sempre que está lá, impaciente e nervoso como fica o cachorro quando o dono agita um bastão acima da cabeça, imagino o seu bigode fervilhando de excitação. É estranho, ainda que a cena se passe nas nossas costas, eu *vejo*.

Ainda que sejamos três, nós temos medo. Principalmente Luís, pois é justo ele que põe o Carlos nesse estado: como nós, ele bem sabe que o Carlos gostaria de derrubá-lo e fazê-lo rolar pelo chão antes de mordê-lo ou bater nele. No entanto, Carlos se segura, está sempre muito agitado, mas, a cada manhã, ele se controla: isso também parece que já está escrito.

Nesse ponto, como em todos os outros, Carlos segue sempre o mesmo padrão, ao pé da letra. Ele se contenta em nos demonstrar sua presença arrastando os sapatos no chão — levantando muitas pedrinhas que atingem os nossos tornozelos — antes de retomar o seu caminho. Não porque a sua agitação vai diminuir; tenho a impressão de que é justo quando chega ao limite que Carlos compreende que é preciso se afastar.

Rangendo os dentes, dá um último tapa nas costas do Luís, dessa vez, com o rosto brilhando de suor e sacodido por um riso nervoso. Um tapa que ressoa muito mais forte que os anteriores e que, muitas vezes, faz Luís perder o equilíbrio. Antes de desaparecer, ele sempre diz: *vai, bichinha!*

É só então que o Luís cai no choro: suas lágrimas também parecem fazer parte do roteiro matinal. Nós o apoiamos, Inês e eu, mas é sempre sobre o ombro da Inês que ele deixa a cabeça cair. Seus cabelos escuros e lisos caem todos de uma vez e escondem quase completamente seu rosto, formam como uma grossa cortina por trás da qual o ouvimos chorar compulsivamente. Todo seu corpo se levanta, depois cai ligeiramente, ofegante, duas ou três vezes.

No momento em que o Luís começa a chorar, eu sempre tenho a impressão de que nada poderá fazê-lo parar, dessa vez, que o sofrimento é grande demais. No entanto, ele sempre para. Depois, não pensamos mais nisso — até o dia seguinte.

AS FLORES AZUIS

Se escolhi esse livro, foi por causa do título: *As flores azuis*[1].

Foi pensando na cor e na preferência das abelhas que eu o peguei nas estantes da biblioteca do Blanc-Mesnil. Assim que decifrei essas palavras na prateleira, imaginei que talvez achasse ali uma pista para desvendar o mistério das colmeias. Ou talvez o relato de experiências parecidas às que o meu pai tanto gosta de imaginar, em suas cartas. Com outros insetos, eventualmente, mas arbustos floridos também todos azuis — experiências florais cujos resultados sejam em seguida verificados com estacas, fitas ou imensos balões no meio dos campos. É possível que nesse livro se confirme que as flores azuis são preferíveis a todas as outras, talvez mesmo se demonstre — foi exatamente isso o que eu me disse. E se o que vale para as abelhas também vale para os insetos, para todos os seres vivos, quem sabe: e se se preferisse sempre o azul, em matéria de flores? Talvez eu encontre nesse livro as respostas a essas questões, revelações que poderia, em seguida, contar para o meu pai: foi por causa disso, em primeiro lugar, que eu o escolhi.

---

[1] *Les fleurs bleues*, romance escrito por Raymond Queneau, publicado em 1965 pela editora Gallimard. [N.T.].

E depois, de todo o modo, mesmo se não houvesse nada disso, o título por si só — eu tinha certeza — o agradaria. Ainda que eu não descobrisse nada de novo nesse livro, eu sabia que ele ficaria contente de saber que eu ainda pensava no azul, que eu continuava procurando, de minha parte. E que não me esqueci das abelhas que ele gostaria que aprendêssemos juntos a conhecer melhor, ao mesmo tempo, de um lado e de outro do oceano Atlântico. É por isso que foi esse livro que eu quis pedir emprestado, esse e nenhum outro. Assim que o vi, soube que, não importaria como ele terminasse, eu falaria dele numa das minhas cartas da segunda-feira. Ainda que fosse preciso fazê-lo em espanhol: *Las flores azules*. O que — eu pensava enquanto me dirigia à mesa da senhora do outro lado da sala — nunca seria a mesma coisa do que em francês.

Pois se foi esse o livro que eu escolhi, não foi apenas por causa das abelhas e do azul. *Les fleurs bleues*: adoro esse título. Exatamente desse jeito. Se eu pudesse, gostaria de falar dele ao meu pai sem mudar o que quer que fosse. Gosto de cada uma das letras que o compõem, principalmente o *e* silencioso ao fim da palavra *bleues*, uma letra que notei de imediato e que me atraiu quase tanto quanto a cor, essa vogal que a gente não escuta, mas que é indispensável para que as flores sejam verdadeiramente azuis, no fim das contas.

Os *e* mudos me fascinam desde o começo. Gostei deles desde as primeiras aulas da Noémie, em La Plata, assim que a minha primeira professora de francês me fez descobrir o primeiro deles, que ela escondia no final do seu nome. Uma vogal muda! Quando se sabe apenas o espanhol, não se pode imaginar que uma coisa dessas exista — uma vogal que está lá, mas que está calada, então é isso! Fiquei mais do que surpresa — literalmente pasma. E, de súbito, como que exaltada: queria saber tudo sobre a língua que era capaz de fazer tais coisas.

Gostei do meu primeiro *e* mudo como de todos os outros que se seguiram. Mas é mais que isso, na verdade. Acho que, sejam quantos forem, os admiro. Às vezes tenho a impressão de que eles me emocionam, no fundo. Ser ao mesmo tempo indispensável e silencioso: taí uma coisa que as vogais, em espanhol, não podem fazer, sempre vai estar fora de seu alcance. Gosto dessas letras mudas, que não se deixam capturar pela voz, ou quase. É um pouco como se só mostrassem de si uma mecha de cabelo ou um dedo do pé, para tão logo fugirem. Apenas percebidas, desaparecem nas sombras. A menos que nos preparem uma emboscada? Mesmo quando não as escuto, quando alguém me dirige a palavra, tenho com frequência a impressão de vê-las. E quanto mais aprendo o francês, mais rápido as percebo. Às vezes, imagino que as vogais mudas também me veem. Cada vez melhor, me parece, à medida em que avanço, como se elas também tivessem aprendido a me conhecer. Como se, do seu esconderijo, prestassem atenção em mim — um olhar, um gesto, uma forma de me retribuir. Gosto de nos imaginar nessa comunicação silenciosa. Chego a me sentir em conivência com a língua francesa, e adoro isso.

E, no entanto, a bibliotecária está convencida de que *Les fleurs bleues* não é para mim.

Principalmente depois que eu abri a boca.

Apesar de todos os meus esforços, de todas as vogais que consigo deslizar sob o meu nariz, e cada vez melhor, ao que me parece, nesse mês de abril de 1979, ainda tenho sotaque. Um sotaque que ainda detesto tanto quanto antes. A cada vez que abro a boca, mesmo antes de falar, já sinto vergonha. Assim que a bibliotecária me ouviu, sua voz se tornou melosa, ela começou a falar como se eu, subitamente, tivesse me tornado uma criança pequena ou como se ela tivesse acabado de perceber que sou um pouco idiota.

— Você não quer tomar emprestado uma história em quadrinhos? Um *Tintin*, um *Astérix*? Ou então *O Pequeno Nicolau*, se você faz questão de ler um livro. Esse é da sua idade. Você já leu *O Pequeno Nicolau*?

Por causa do meu sotaque, eu passo por uma idiota, não há nada me que irrite mais do que isso. E ela desata a repetir a frase, separando as palavras, como se falasse lentamente: VO-CÊ-JÁ-LEU-O-PE-QUE-NO-NI-CO-LAU?

A bibliotecária articula as palavras exageradamente, como se eu não compreendesse a língua na qual ela está me falando. E, no entanto, estou com ela, cada dia mais. Mas a bibliotecária não se dá conta de nada. Ela não sabe que vejo os *e* mudos, que tenho certeza de que, por seu lado, eles também me veem. Que estamos juntos, à nossa maneira. É ela, a idiota.

Em seguida ela vira a cabeça para o lado abaixando-se um pouco para se aproximar da minha orelha, enquanto sorri de uma maneira boba. Mas é ela que sorri com todos os dentes para fora, um sorriso daqueles petulantes, supostamente para cortejar — tenho verdadeiro horror disso.

Eu ainda a vejo, inclinada na minha direção com o seu batom demasiadamente brilhante que borrou os dentes. Eu talvez tenha dificuldade de pronunciar algumas palavras, mas entendi perfeitamente aonde ela quer chegar e estou decidida a não permitir.

Prefiro esse livro, prefiro *As flores azuis*.

— É um livro muito difícil, sabe? Há muitos jogos de palavras aí dentro. É para os maiores, você corre o risco de não entender.

Seguro firme o livro com a mão direita, não estou disposta a largá-lo. A senhora avança uma das mãos, então o seguro ainda mais forte:

EU–PRE–FI–RO–ES–SE–LI–VRO

Também repito a minha frase, insistindo em cada sílaba, aplicando-me em cada uma delas, como eu faço em frente ao espelho do banheiro quando treino os *u* e as vogais sob o nariz.

— ES–SE–LI–VRO.

Permanecemos as duas em silêncio, por um longo momento, num penoso face a face. Não tenho a intenção de desistir. Me mantenho ereta e a encaro do alto de meu um metro e quarenta.

Ela acaba entendendo que elas são importantes para mim, as flores azuis.

— Se você quer levá-lo para casa, precisa me entregá-lo, para que eu o registre.

Eu continuo sem me mexer.

— Me passe o livro um instante, você poderá pegá-lo de volta, mas preciso carimbá-lo. Você pode me entregar?

Então ela começa a fazer uns gestos. Conheço isso, o medo de não se fazer entender e se apegar aos gestos, isso me diverte, deixá-la se debater um pouco. A bibliotecária estende uma das mãos em direção ao meu livro, em seguida o carimba, o sacode por cima da minha cabeça antes de dar dois socos no vazio para que eu entenda o que ela quer dizer.

Mas eu não solto o livro.

É que eu tenho medo de um golpe baixo. Que ela guarde o livro numa estante alta demais para mim e que tente de novo me enfiar um *Astérix* ou *O Pequeno Nicolau*. Mas acabo lhe entregando *As flores azuis*. Então, ela carimba uma folhinha de cartolina que está colada na última página do livro e escreve alguma coisa num registro.

— Aí está, você já pode ir embora.

Tenho a impressão de vê-la sorrindo com ares de entendida para uma senhora que está sentada ao seu lado, antes de ouvi-la dizer:

— Se Raymond Queneau for muito difícil para você, volte e escolha outra coisa, hein?

Vou embora sem olhar para trás, com o livro debaixo do braço, decidida a ir até o fim da leitura. E também decidida a nunca ler *O Pequeno Nicolau*.

MESAS DE CENTRO

Numa manhã, Raquel e Fernando desembarcaram no conjunto habitacional da Voie-Verte, num veículo todo branco cheio de presentes. São amigos da minha mãe que se refugiaram na Suécia, também argentinos, antigos guerrilheiros, como eram os meus pais e a Amália, que também os conhece bem. Eles tiveram que fazer uma longa viagem para vir até nós, parece que pegaram até mesmo um barco com o carro deles — deixaram Estocolmo há quinze dias. É que antes de vir nos ver eles fizeram outras paradas na casa de outros argentinos — na Alemanha, em Leverkusen, e até mesmo no norte da França, para os lados de Amiens. Fizeram uma turnê do exílio.

Eu já os tinha visto, na Argentina, há muito tempo, ainda que eu não saiba mais direito quando nem exatamente onde. O que eu esqueci, principalmente, foi sob quais nomes eu os conheci. Na época da clandestinidade, certamente, eles tinham outros nomes. Como todos os outros, eles adotavam nomes de guerra provisórios, Paco e Rita, Pepe e Mabel, Oscar e Jimena, vai saber — eu podia ter perguntado à minha mãe, que deve se lembrar, mas o que importam agora os nomes de antes. Acho que até prefiro não me lembrar — estamos do outro lado do oceano, agora, não é nada mal que os nomes antigos tenham ficado por lá. Em todo o caso, seus rostos continuam os mesmos, são eles que eu reconheci, como o sorriso que tinha a Raquel ao abrir a porta de seu veículo cintilante: *llegamos, por fin!* até que enfim, chegamos!

Também eles pareciam não ter me esquecido: assim que me viu, Raquel acariciou os meus cabelos, e então disse: *como você cresceu!* É o que sempre dizem às crianças. *Sim, já faz mais de três anos,* disse minha mãe. *Sim, três anos,* Fernando e Raquel repetiram as mesmas palavras um de cada vez, *meu Deus!* Ninguém disse mais nada, tínhamos todos um nó na garganta, aquilo bastava amplamente.

A gente sabe, eles sabem. Não precisa dizer mais nada. Estocolmo, Leverkusen, Amiens e a Voie-Verte, é por causa do que aconteceu por lá. E é o que nos reuniu ali, em frente à caixa de areia, em Blanc-Mesnil. Subitamente, tudo parecia absurdo. Uma derrisão? Foi a palavra que me veio à cabeça, ainda que eu não esteja certa de saber exatamente o que ela quer dizer. Parece que, por alguns instantes, todo mundo ficou paralisado, que a cena parou — de repente estávamos todos lá, *naquela época,* como se diz. As angústias, os medos, diferentes imagens devem ter atravessado os nossos pensamentos, mas ninguém os nomeou. Ninguém os nomeará, de jeito nenhum, ainda que saibamos disso de formas *comuns* e distintas — é assim, o exílio, não é preciso se estender. Permanecer alguns minutos em silêncio em frente a uma caixa de areia sobre a qual há, aqui e ali, uns pedaços de gelo é amplamente suficiente. Sim, bem pequenos, agora: sim, era bem cedo, fazia frio, mas o verdadeiro inverno não estava mais aqui, já não era mais a estação do chão todo branco.

O porta-malas do carro da Raquel e do Fernando estava cheio de objetos e pequenos móveis embalados em papel kraft: uma grande sacola com objetos de decoração, três banquinhos, um banco e duas mesas de centro. E isso sim, foi uma verdadeira surpresa!

Quando Raquel nos mostrou tudo isso, Amália, minha mãe e eu arregalamos os olhos ao mesmo tempo — além do mais, parece que havia ainda mais coisa no porta-malas deles quando partiram de Estocolmo: por onde passaram, eles deixaram presentes. Mas guardaram o essencial para nós, pois alguém lhes disse que precisávamos. *¡Raquel, qué locura!* Disse minha mãe, segurando a cabeça entre as mãos — que loucura, ela não estava acreditando.

Eles haviam anunciado, no entanto, que tinham algumas surpresas para nós, minha mãe nos disse na véspera da chegada deles, enquanto comíamos macarrão na manteiga com a Amália. Mas nenhuma de nós esperava todos esses presentes.

Amália tinha imaginado que eles nos dariam uma lata de sardinhas — e eu, que fiz uma careta de nojo, logo depois fiquei com vergonha. *Talvez uns gorros de lã*, minha mãe completou. *Ou carne seca. Eles fazem carne seca de rena por lá, não?* Mas todos esses objetos e esses móveis, nenhuma de nós havia imaginado: é por isso que ficamos as três paralisadas diante do porta-malas abarrotado, segurando as bochechas com as mãos em forma de V, como uma forma de nos impedir de gritar — a gente vê isso nos desenhos animados. Em seguida, minha mãe ainda exclamou, em espanhol: *que loucura, Raquel, você não devia!* Mas já era tempo de descarregar o porta-malas porque fazia um frio danado.

Amália disse à Raquel e ao Fernando para nos deixarem fazer, é o mínimo, disse minha mãe, *vocês não vão, além do mais, subir as escadas com todos esses presentes, não tem elevador, sabe.* Mas, como um verdadeiro argentino, Fernando se revoltou, *nem pense nisso, vamos ver!* Estava fora de cogitação, nós sabíamos: ele era o único homem em frente à caixa de areia, então, forçosamente, o homem da situação. É e será sempre assim. Num piscar de olhos, os banquinhos e o banco sueco foram parar nos ombros de Fernando, e as duas mesas debaixo de seu braço direito. Como ele fez? E, além do mais, ele exibia um grande sorriso para informar às mulheres que tudo isso não lhe custava nada — uma tal proeza era normal, pois ele estava lá. Então minha mãe fez o comentário esperado, *tudo muda quando há um homem, não é verdade?* A menos que fosse a Amália? Fernando, sempre mais descontraído, me fez um sinal para que eu partisse na frente, com ele, *onde é? Diz pra mim, eu te sigo.* Ele queria terminar o quanto antes e deixar as mulheres conversarem à vontade em frente ao veículo, para matar as saudades. Alguns minutos depois, elas foram ao nosso encontro debaixo do teto de tubos.

O mais surpreendente nesse amontoado de presentes suecos eram os objetos de decoração, os primeiros do tipo a entrarem no apartamento de Blanc-Mesnil: Fernando e Raquel nos traziam da Suécia vasos e muitos recipientes de vidro colorido que desembalei lentamente, um por um, para prolongar o prazer. Havia uns dez, no total, de todas as cores, *¡qué locura Raquel!* Vasos muito longos e estreitos onde só cabiam uma ou duas flores. E também uns tipos de tigelas recipientes de fundo arredondado sobre os quais eu me perguntava para o quê poderiam servir, mas que também eram muito bonitos. A maioria deles parecia ter bolas de ar presas na massa de vidro. Deviam borbulhar no interior quando o material ainda estava quente, mas parecia que tudo havia sido encerrado subitamente, provavelmente era por isso que as bolinhas haviam ficado prisioneiras. Sempre estavam dispostas de forma diferente, algumas eram grandes e longas, mas a maioria delas era bem redonda e tão pequenas quanto bolinhas de refrigerante.

Enquanto eu desembrulhava tudo isso, sentia que me observavam. Que a minha expressão deslumbrada os agradava, principalmente à Raquel:

— Talvez você possa pegar alguns para o seu quarto, se a sua mãe estiver de acordo.

Claro que ela estava de acordo, até mesmo me propôs dividir os presentes suecos pela casa, como eu quisesse, incluindo os pequenos móveis. Então passei a correr por todos os lados. Pus o banco no corredor, perto da porta de entrada, e os banquinhos próximos à nossa mesa de faz-tudo — ficaram bem, esses banquinhos, pois nesse dia mesmo tínhamos convidados. Logo em seguida, fiz reverências na direção da Raquel e do Fernando:

— Cadeira ou banquinho, banquinho ou cadeira, como preferir.

Eu não sabia tão bem o que fazer com os vasos e recipientes coloridos — é que não há muitos móveis na nossa casa, apenas o estritamente necessário encontrado na Emmaüs. Então, pus os vasos um ao lado do outro, sobre o buffet, em frente aos livros empilhados. Hesitei um pouco quanto às tigelas, achava que eram bonitos demais para ir para a cozinha — me perguntei o que os suecos poderiam fazer com esses objetos. Talvez eles os enchessem de pedras e conchas? O melhor era, sem dúvida, colocá-los sobre as mesas de centro, em círculo. Mas ainda era preciso encontrar um lugar para as mesas em questão.

Enquanto eu trabalhava, não perdia nem uma migalha das palavras da Raquel, que falava de Estocolmo e da Suécia.

Parece que, por lá, há lagos e florestas por todos os lados e muitas árvores bem altas, imensas, como na Argentina, para os lados de Bariloche, de San Martin ou dos Andes. Então, de vez em quando, cortam algumas e fazem pontes, casas e móveis. Principalmente móveis, em grande quantidade. Virou até mesmo a especialidade deles, ficaram conhecidos por isso no mundo inteiro.

Tive a impressão de que, às vezes, a Raquel se interrompia para olhar à sua volta os tubos das paredes e do teto. Por muitas vezes, ela olhou pela janela o caminho que atravessa o conjunto habitacional. Por alguns instantes, tive um pouco de vergonha, pareceu-me ver em seus olhos que tudo isso lhe parecia bastante triste. Mas, assim que ela começou novamente a falar da Suécia, não pensei mais nisso.

Os suecos também gostam de bibelôs. Na verdade, adoram suas casas e tudo o que colocam dentro delas. É por causa do frio que faz por lá. E dos dias tão curtos durante uma boa parte do inverno, os meses durante os quais faz quase sempre noite. É para segurar a barra, para suportar essas trevas tão longas que tiveram essa ideia: cuidar do interior.

Todo muy moderno, minha mãe comentava toda vez, sem que se soubesse muito bem se era uma crítica ou uma aprovação do estilo de vida sueco.

Sim, concordava a Raquel, tudo o que é sueco certamente é moderno, eles estão à frente em tudo, não param de inventar. *O quê, por exemplo?* Era eu que a interrogava, dessa vez. Então Raquel explicou que os suecos não paravam de imaginar novos objetos, adoram tudo relacionado à vida cotidiana, dos abridores às cafeteiras. Tudo é mais moderno e prático que na Argentina e mesmo que aqui, na França: na Suécia, a gente abre as garrafas e latas de conserva sem esforço, a gente serve chá sem derrubá-lo por todos os lados, a gente escova os dentes sem se cansar inutilmente. Os suecos têm em casa todos os tipos de facas elétricas, pegadores de pepino engenhosos, pequenos e finos limpadores de migalhas que fazem tudo desaparecer depois das refeições, como por encanto. E isso tudo é sempre surpreendente, sempre novo — *moderno*. Como as mesas de centro que eles nos trouxeram de lá, um belo exemplo da magia ao estilo sueco: mesas ovais mas não exatamente, sendo o formato da tábua estranhamente bombado numa de suas extremidades. Mas não se tratava de um defeito de fabricação: essa assimetria era de propósito.

Eram essas mesas que eu não sabia onde colocar. *É o tipo de mesa que se põe à frente do sofá*, disse Raquel, vendo que, por várias vezes, eu as havia mudado de lugar. Mas não temos sofá, é esse o problema. Acho que ela se deu conta logo depois de ter dito — eu a vi enrubescer, envergonhada. Por fim, pus as mesas no lugar onde as tinha colocado no início, lado a lado, em frente à janela da sala. Em seguida, me sentei de pernas cruzadas em frente à menor delas, enquanto os adultos se punham em volta da mesa grande, uns sobre uma cadeira, outros sobre um dos bancos novos, para beber mate e conversar um pouco.

Enquanto conversavam, voltei a fazer o meu tricô, um cachecol de ponto cruz — é mesmo uma longa história, os cachecóis em ponto cruz e eu. Desde que minha avó me ensinou a tricotar, em La Plata, há mais de três anos, me lancei por três vezes à confecção de um cachecol em ponto cruz, mas nunca consegui terminar um. É que, frequentemente, me dou conta de que perco uns pontos e sou obrigada a desfazer algumas fileiras, a voltar atrás para preencher os buracos. A cada vez, é preciso começar de novo a partir do ponto em que me enganei. Corrijo o meu erro. Mas, algumas fileiras depois, me engano de novo.

É demorado, fazer um cachecol. Por dois invernos seguidos abandonei, pois ainda não tinha acabado e a primavera já estava chegando. Isso me aconteceu na Argentina, em meados de setembro — perto do fim do inverno austral. Mas, logo depois do meu segundo abandono, pude recomeçar aqui: com as estações invertidas às quais ainda tenho dificuldade de me acostumar, minha saída da Argentina bem no começo de 1979, no meio do verão, se transformou, o tempo de uma viagem de avião, numa chegada invernal na França, é por isso que não precisei esperar todo o ano para tentar de novo. Mas, visivelmente, não basta encadear dois invernos num outro hemisfério: enquanto voltava novamente ao tricô, pensava que era provável que eu me enganasse novamente. A neve e o grande frio já estavam distantes, e eu ainda não havia terminado o meu cachecol. Apesar disso, ainda não tinha desistido. É por isso que, enquanto conversavam, me sentei com os meus rolos e minhas agulhas, bem decidida a prolongar o que ainda não era, admito, mais do que um pequeno retângulo de lã vermelha.

Foi a Raquel que começou, depois do segundo mate. Subitamente, ela passou a analisar os nomes. Às vezes Fernando tomava a dianteira, citando, ele também, um nome, mas, em geral, era a Raquel que fazia isso. Tudo leva a crer que ela tinha muitas listas na cabeça, listas intermináveis. *Juan se refugiou na Suécia, em Göteborg. Maria morreu, em junho de 1976. Cristina, a mesma coisa, em setembro do mesmo ano.* Quando Raquel analisava as pessoas, sempre dizia seus verdadeiros nomes — se ela às vezes evocava seus nomes de guerra era, no fim das contas, como entre parênteses, uma forma de ter certeza de que todo mundo sabia de quem ela estava falando. *Violeta (Carmen) está desaparecida. José (Miguelito), mesma coisa.* Mas, em muitos casos, ela não sabia o que havia acontecido com eles: é por isso que ela dizia todos esses nomes em voz alta. Raquel parecia precisar retomar tudo desde o início, mesmo as certezas, para melhor preencher as lacunas — e também convidar Amália e minha mãe, eventualmente, a preencher os buracos. Raquel nunca perguntava diretamente, mas todo mundo entendia o que ela estava esperando: quando, após ter pronunciado um nome, sua voz adquiria um tom agudo, quando, repentinamente, depois do nome, não havia nada por trás, isso queria dizer que estava convidando os outros a continuar, a preencher os vazios, se pudessem.

— *Julio?...*

— *Qual deles?* Havia muitos Julios, disse minha mãe.

—Julio, o da enseada. Julio — *El polaco.*

— Desaparecido. Desde 1976.

Quando um buraco era preenchido, Raquel fazia uma pausa. O tempo de que ela precisava para incorporar uma nova informação parecia, mais ou menos, com o tempo de uma rodada de mate — reparei que era sempre depois do mate seguinte, logo depois do pequeno assobio que faz a cabaça quando se esvazia, quando Raquel já a estendia para que minha mãe servisse a pessoa da vez, que ela retomava a palavra, na esperança de que minha mãe ou Amália pudessem ajudá-la a completar o inventário dos exilados, desaparecidos e mortos. *Magda, México, Gustavo, prisão. Ernesto?...*

De frente para as mesas de centro, bem ou mal, eu continuava o meu tricô. A cada três ou quatro fileiras, recomeçava tudo. E, no entanto, não perdia nem um pedacinho da lista da Raquel, tentava gravá-la em minha memória. Ainda que, na maior parte do tempo, não tivesse nenhuma ideia de quem ela estava falando. Mas eu sabia perfeitamente que não tinha problema, no fundo — às vezes a gente memoriza melhor quando não entende nada. Quando olhamos para outro lado, quando acompanhamos uma voz enquanto tentamos avançar no tricô. Como com as línguas, acontece de as coisas ficarem retidas assim, exatamente porque a gente se deixa levar, porque a gente deixa pra lá. Como quando aprendemos uma cantiga. Era nisso que eu pensava enquanto ouvia a lista da Raquel — às vezes, alguns buracos eram preenchidos pela Amália e pela minha mãe, mas outros permaneciam. Por alguns momentos, havia vários nomes seguidos após os quais não tínhamos nada a dizer. Absolutamente nada.

Apesar disso, eu continuava prestando atenção à lista. Tentava memorizar também os silêncios, enquanto continuava o meu cachecol de ponto cruz, dizendo-me, o tempo todo, que eram mesmo muito estranhas, essas mesas suecas, principalmente altas demais. Foi quando ouvi a Raquel, fazendo e desfazendo o meu tricô, que me dei conta. Eu estava sentada no chão, é certo, mas a tábua da mesa alcançava quase o meu queixo. Ainda que eu mudasse de posição, deslizando os pés sob as nádegas, como para me fazer uma almofada que me elevasse um pouco, elas ainda eram muito altas. Foram mesmo feitas para os suecos, para os gigantes louros do Norte — era o que eu pensava enquanto tricotava um pedaço, antes de voltar atrás e refazer.

Naquela mesma noite, eu disse a mim mesma que aquele cachecol, como os dois anteriores, tinha muitas chances de não ficar pronto antes que a primavera viesse para ficar. Que ele corria o risco de passar muitos meses no fundo de um armário, a meio caminho entre os rolos de lã e o trabalho acabado. A menos que eu desfizesse o tricô e fizesse disso tudo um único rolo? Eu ia ver.

SEÑORITA

A palavra me agrada e me provoca bastante medo ao mesmo tempo. *¿Ya es señorita?* Foi o que Raquel perguntou à minha mãe quando as duas estavam na cozinha, ouvi perfeitamente. Também estava indo para lá, mas, logo em seguida, me paralisei e me escondi na sombra do corredor, sabia que o assunto era sobre mim, ora, não queria perder nada do que conversariam pensando que eu não as ouvia.

Se ela perguntou isso, sei que é por causa dos meus seios. Enfim, não se pode dizer verdadeiramente que eu tenha seios — acho que isso vai acontecer em breve — meus mamilos estão bem duros já há algum tempo, são como dois botões enormes sobre o meu torso. Na escola, um garoto fez pouco caso, *e então, isso vai crescer?* No começo, eu não havia entendido, mas quando a Inês me puxou pelo braço dizendo *deixa pra lá, vai!* soube que ele fazia alusão a esses dois botões que estão cada dia mais salientes, então enrubesci.

Foi a minha mãe que percebeu primeiro, alguns dias antes. Até esse momento, eu não havia percebido nada. Eu havia acabado de tomar um banho, tinha deixado a porta aberta. De repente, ela parou na porta e começou a me observar, enquanto eu me enxugava. Ela parecia sob um encanto, e também um pouco cansada. E então, como num sobressalto, ela gritou *vem ver!* Não era comigo que ela falava, mas com Amália, que logo apareceu, eu via a sua cabeça no vão da porta, bem ao lado do rosto da minha mãe. Ela falou baixinho quando Amália se aproximou, com um misto de surpresa e de inquietação que parecia agora haver se imiscuído em sua voz. Depois minha mãe fez um gesto com o queixo em minha direção, *está vendo?...* Sua frase parecia ter sido interrompida no meio do caminho, mas claramente ela estava fazendo uma pergunta. Perguntava à Amália se ela também via essa coisa que ela havia acabado de reparar em mim, ela precisava de uma confirmação. *Tire a toalha e continue de pé. Não tenha medo, estamos entre meninas.* Abri a minha toalha, então a minha mãe continuou:

— Está vendo?

— Ah sim...estou vendo. Estou vendo muito bem...

Primeiro, Amália fez uma cara estranha, como se o que ela tinha sob os olhos a deixasse em dúvida, depois encadeou um sorriso, sem dúvida para tranquilizar minha mãe, que tinha a expressão cada vez mais apavorada. *Ya va para señorita.* E então a minha mãe passou a olhar para o céu, como se uma maldição terrível tivesse se abatido sobre a Voie-Verte. Dessa vez, Amália caiu na gargalhada, *não faz essa cara, não tem nada demais, veja!* Era de mim que elas falavam, mas agiam como se eu não estivesse lá, de verdade — talvez por que, sem me dar conta, eu já estivesse me transformando em outra pessoa. *Una señorita*, é o que se diz.

Foi por isso que, quando Raquel pronunciou essa palavra, não fiquei surpresa: *señorita,* ela não é a única a dizer, é isso o que me espera, é isso o que já se vê um pouco. Mas será que já é o momento?

Não, não, ainda não, respondeu minha mãe, *todavía no.* As duas pareceram aliviadas com a resposta. Na minha opinião, isso não vai demorar, completou Raquel. Não estava vendo minha mãe, só as vozes delas chegavam a mim enquanto eu continuava imóvel, no escuro, as costas coladas no muro. Mas estava certa de que minha mãe havia levantado novamente os olhos para o céu, como quem diz *não venha com mais infelicidade, não nos falta nada mais do que isso!* É iminente, ao que parece. Quase não sou mais uma criança. *Señorita,* isso vai cair sobre mim em breve.

À noite, na minha cama, toco frequentemente os meus botões para verificar o avanço das transformações. Às vezes me parece que essa parte do meu corpo se tornou um pouco dolorosa, mas me pergunto se é essa a palavra certa. Talvez apenas uma sensação nova? Alguma coisa sai do meu corpo e se instala nele, mas ainda preciso aprender o que é, ao certo.

AS CRIANÇAS REFUGIADAS, SOMOS NÓS!

O inverno havia deixado definitivamente Blanc-Mesnil quando eu soube que ele ainda resistia um pouco bem no alto das montanhas, nos Alpes. Foi a minha mãe que me disse, depois de ter me perguntado se eu gostaria de partir durante as próximas férias escolares com uma família francesa que queria ajudar aos filhos de refugiados. Eles propuseram me levar com eles à Savoia, onde vão esquiar com frequência. Era um presente maravilhoso que nos estavam oferecendo — *você vai passar alguns dias com toda uma família francesa, na neve e nas montanhas*. Difícil fazer melhor em termos de imersão.

Minha mãe e eu tínhamos um encontro em Meudon — na casa de um casal que tinha quatro filhos — só os mais velhos faziam a viagem para a Savoia, a mãe deles ficaria com as crianças mais novas. Meudon não é longe do Blanc-Mesnil e, no entanto, tudo ali é diferente. Em primeiro lugar, a luz — em Meudon, o ar é puro e transparente. Não sei como explicar, mas, em apenas alguns quilômetros, passando para o outro lado de Paris, é como se uma mão tivesse feito desaparecer o véu de poeira que recobre todas as coisas para os lados da Voie-Verte. Em Blanc-Mesnil, o branco nunca é exatamente branco, de fato, a não ser quando ele cai do céu, quando se impõe — quem teve a ideia de dar esse nome à cidade, será que ela um dia foi branca e luminosa? Não sei se o nome Meudon combina com a cidade, mas o que é certo é que, ali, tudo parece no seu lugar. Como no apartamento da família que nos aguardava: apesar das bolsas, dos skis e dos grandes sapatos que estavam na entrada, prontos a serem colocados no carro, enquanto todo mundo se apressava prevendo a hora da saída, tudo estava *exatamente* onde deveria estar.

Assim que descobri o Meudon, disse a mim mesma que provavelmente ali existiriam muitos cães chamados Médor — fiquei logo convencida. Mais que no entorno de *Claparède* com seus imóveis com quintais tão cuidados, a vista de Meudon me levou de volta à Noémie e àquela França que em *La Plata* eu havia descoberto com ela, nas páginas do bonito manual de papel brilhoso. Esse país existia de verdade, estava ali, naquele cenário ideal, longe do *barrio latino* versão Blanc-Mesnil, da Voie-Verte e dos Quinze-Arpents.

Mal chegamos ao apartamento de Meudon, um garoto se juntou a nós, com os pais — era uma criança chilena, Eduardo, que também participaria da viagem para a Savoia. Ele é bem bonito, o Eduardo, forte e grande, com uma cabeça grande coroada por cabelos castanhos ligeiramente ondulados.

— Vai dar tudo certo, disse minha mãe, em meio às bolsas e cobertores.

A menos que essa fosse uma pergunta que ela me fazia — *vai ficar tudo bem?* Face à dúvida, respondi como se ela não existisse, para tranquilizar a mim e a ela ao mesmo tempo:

— Sim, com certeza, você já pode ir.

Os pais do Eduardo foram embora com ela. E nós dois ficamos com a família de Meudon, porque as crianças refugiadas, somos nós.

A criança mais velha, Valérie, tem a mesma idade que eu e os cabelos castanhos presos numa trança grossa.

— Mostre a ela, disse seu pai.

Sobre a sua cama, havia muitas roupas de esqui, lado a lado, tantas possibilidades que se ofereciam a mim para lutar contra o frio quando eu estivesse na neve com os outros.

— Escolha a que você preferir, disse Valérie. Ela também poderia me emprestar luvas se minhas mãos não estivessem quentes o suficiente, um gorro e o resto. Sobrepondo algumas dessas roupas às que eu já tinha sobre mim, tive a impressão de vestir uma armadura colorida — em alguns minutos, eu estava equipada.

Valérie e eu simplesmente nos simpatizamos incrivelmente rápido. Fiquei feliz de perceber que conseguíamos nos comunicar sem dificuldades — contente de que o meu francês de Blanc-Mesnil também funcionasse em Meudon, que ele não parecesse muito em desordem. Mas quando, de repente, ela me pediu para repetir o que eu havia acabado de dizer, me senti avermelhar, queimar por dentro:

— Qual a distância daqui até a montanha, é isso o que você quer saber?

Sim, era isso o que eu havia perguntado, mas Valérie precisava de uma confirmação. Então retomei a minha frase, acompanhando-a de um gesto.

O que eu também me perguntava era qual distância ainda me separava de um francês que seria plenamente meu. *Será que, um dia, eu vou conseguir, já que faz tanto tempo que eu me pus a caminho?*

Quanto ao Eduardo, foi junto ao Cyril — o irmão da Valérie, que ele encontrou algumas coisas do seu tamanho. Quando ele apareceu no quarto com um gorro verde e azul de pompons nós caímos na gargalhada, então ele se fez de bobo:

— Onde está essa neve?

Ele andava com os braços à frente, como se se preparasse para um golpe de karatê, procurando com os olhos um inimigo imaginário, pronto para lidar com o inverno anunciado enquanto, de um lado e de outro de suas orelhas, os pompons se debatiam em todas as direções.

Para o Eduardo também era a primeira vez, tanto do esqui quanto da imersão numa verdadeira família francesa: seus pais haviam dito à minha mãe, em espanhol, quando eles estavam passando pela porta para nos deixarem ali, sob a luz de Meudon. Nós nos olhamos imediatamente, com um sorriso, mas não dissemos nada.

Acho que é porque o Eduardo estava do mesmo jeito que eu: ansioso, mas querendo mergulhar no banho sem perder nenhuma gota.

Enquanto nos olhávamos, fiz essa promessa a mim mesma: falar com ele o mínimo possível e em nenhuma hipótese em espanhol, a não ser que fosse absolutamente necessário. Não queria que ficássemos isolados, como se fôssemos duas crianças refugiadas que se reconfortam. Não queria *colar* nele, como a Inês diz o tempo todo. Também não queria que ele colasse em mim. Estava fora de cogitação.

Rapidamente, outras pessoas apareceram no apartamento de Meudon, um homem com a filha. É que não íamos partir apenas com uma família, eram duas! A outra mãe também não ia participar da viagem — devíamos partir com os dois pais, Paul e Denis, que pareciam se conhecer bem. Ao todo, seríamos cinco crianças.

Nunca havia visto tanta neve de uma vez só.

Lá, tudo era branco, por todos os lados, não apenas no topo, mas também à beira das estradas e à volta da casa, um chalé todo de madeira, como eu já havia visto nos livros. Só que lá era de verdade, e eu estava lá — foi a primeira impressão que tive, de entrar nas ilustrações de um livro, deslizar para dentro deles, como quem não quer nada. E agora essa! Todo esse branco e as pessoas ali *dentro*. Não tinha nada a ver com a neve que já havia visto, antes era uma brincadeira. Lá em cima, era como estar bem no fundo de um pote de creme fresco, ou então uma coisinha bem pequena no meio de um prato de purê.

Eu poderia passar horas observando o branco à minha volta esperando que o tempo nunca passasse — após esses primeiros dias passados na montanha, eu sei. Gostei logo de cara dessa neve que recobre tudo e sei que vou gostar dela para sempre. O branco e eu, é para a vida toda — como a paz que vem junto com o branco, o silêncio no qual o chalé estava incrustado.

Lá em cima, tudo ressoava diferente. Cada som se desprendia perfeitamente sobre o fundo branco — a voz da Valérie perguntando se todo mundo havia pegado a bolsa antes que o seu pai, Paul, fechasse o porta-malas, *vlan!* O barulho da chave que Denis havia deslizado na fechadura, *cric,* ou então o da porta se abrindo sobre um interior cor de ocre, *ouin.* Como cada passo sobre o pequeno caminho até o chalé, *floc, floc, floc.* Lá em cima, tudo existia plenamente. Até as palavras mais comuns, pronunciadas em meio à neve, preenchiam um espaço enorme em torno delas. Elas parecem durar mais tempo, também: levadas pela fumaça que saía de todas as bocas, as sílabas se incrustavam no ar frio como pedrinhas cintilantes.

Foi no dia seguinte à nossa chegada que eu descobri o esqui. Na verdade, não é bem assim que se deve dizer. Por todos os lados, as pessoas deslizavam, em todas as direções, enquanto eu descobria o desequilíbrio absoluto. Todo esse branco não podia ser só paz e doçura, havia outras coisas a dizer. Se segure! A neve não amortece às vezes, mas ela segura, ela balança também, pode mesmo nos jogar no chão. Derrubar, revirar, cair — *plaf!* Impossível de permanecer imóvel, até mesmo sobre o pequeno terreno aparentemente plano sobre o qual Paul achou melhor que eu começasse. Como isso era possível? Não era mais que aparência, então, essa doçura — por baixo chacoalhava sem parar, parecia que sob o branco se escondiam umas ondas. E, no entanto, as outras crianças partiram na minha frente, mesmo Eduardo, ainda que seus movimentos fossem mais hesitantes que os das outras crianças. Eu era a única a cair assim, a gritar enquanto Paul tentava mais uma vez me levantar.

— Não tenha medo, você não corre nenhum risco.

Todos os outros já estavam longe, enquanto eu gritava, me segurando no Paul. Mais de uma vez perdi o gorro, até mesmo os bastões que deveriam me ajudar voaram para longe de mim. Ainda que tentasse me reequilibrar, não conseguia.

Foi durante a sacudida mais forte que eu pensei na Astrid. Com o que teria parecido a cena do seu olho perdido se tivesse acontecido aqui, sobre o tapete de neve? Se seu olho de antes tivesse deixado sua órbita em meio à paisagem leitosa da Savoia? Enquanto as minhas pernas partiam em direções opostas antes que eu esmagasse o nariz na neve fresca, imaginava o seu olho, essa bola branca e verde com belos raios azuis no interior. Tive mesmo a impressão de ver seu olho perdido banhando numa poça vermelha, ali, diante de mim, porque com certeza tinha sangue junto com o olho da Astrid quando ele caiu do seu rosto. Mas todo esse vermelho sob o meu nariz nada mais era do que o meu gorro voando mais uma vez pelos ares, um gorro vermelho com um pompom colorido que, em breve, Paul me ajudaria a colocar de volta sobre a cabeça, oferecendo-me o braço para que eu me levante.

No dia seguinte, por sorte, a onda estava menos feroz. Cada vez menos, com o passar dos dias. Pouco a pouco, terminei domando-a.

Todas as noites, voltávamos para o chalé, onde, muitas vezes, comíamos massas ou queijos. Principalmente o reblochon: uma etapa essencial nessa semana de imersão — para o Eduardo também, eu acho, ainda que a gente nunca tivesse conversado, fiéis ao nosso pacto silencioso. No entanto, a cada vez que o reblochon aparecia, no fim das refeições, nossos olhares se encontravam: era uma forma de partilhar essa experiência, de fazer isso juntos. De nos encorajar, também.

O essencial, com o reblochon, é não se deixar impressionar. Há, claramente, uma dificuldade no início, essa barreira do cheiro que o queijo ergue contra o mundo exterior. Mas, sobretudo, a gente não pode se enganar em relação a ele. Não é agressividade de sua parte, é apenas a maneira do queijo de dizer: *você está realmente com vontade? Está pronto?* Esse odor é a forma que ele encontrou de se fazer presente, plenamente — é que ele não quer ser engolido sem que a gente se dê conta, ser empurrado para dentro como se não fosse nada.

Do outro lado da mesa, cada vez que íamos ao reblochon, Eduardo me olhava antes de cravar os dentes na massa cremosa. É como se nos tomássemos pelas mãos — precisávamos, para pular a cerca fedida. Um de frente para o outro, nos incentivávamos com o olhar antes de dizer para o queijo: *sim, estamos prontos, estamos aqui, com você*. Chegávamos a esse ponto cada vez mais rápido, com o passar dos dias, cada vez com mais entusiasmo também: é que por detrás do fedor o assunto é outro, depois do cheiro amargo que toma conta do nariz, o gosto diz outra coisa. *Reblochon*: com o seu *e* quase mudo na primeira sílaba e seu final bem embaixo do nariz, o nome do queijo é perfeito.

No caminho de volta, tive a impressão de compreender outras coisas importantes, enquanto rodávamos de carro perto da região de Paris.

Ainda que, no alto, estivesse branco e com neve, embaixo já era plenamente a primavera. Atravessamos a região entre os vales com um pouco de todas as cores, pontuadas pelas cidades, os relógios e as casas antigas. Era a mesma região da ida, mas foi na volta que eu fiquei deslumbrada, que essa paisagem que tinha achado bonita na semana passada, subitamente, me capturou. Talvez porque as cores, enquanto estávamos lá em cima, tenham tido tempo de ficar ainda mais intensas. A menos que há uma semana eu tenha sido incapaz de vê-las tal como elas me pareceram na volta? Essas colinas eram como um mosaico recobrindo a paisagem por inteiro, uma reunião de cores e de materiais que não acabava mais, uma infinita cromatização feita de terra e de pedaços de história. Então era isso! E aqui, a gente chama isso de campo. Até aqui, campo era, para mim, uma paisagem plana e uniforme, uma extensão de um verde terroso e sujo: uma paisagem que a gente não precisa olhar mais do que alguns segundos porque ela diz sempre a mesma coisa. Os Pampas são o tédio, ao infinito. O que nos esperava ao pé das montanhas não tinha nada a ver com o campo que pude ver por lá: era um bosque, um imenso jardim habitado onde as pessoas, por todos os lados, haviam deixado seus traços.

Acho que avancei bastante durante essa semana passada na neve.

Exceto pelas *Flores azuis*.

Começava a dizer a mim mesma que a bibliotecária do Blanc-Mesnil talvez tivesse razão. Eu não estava entendendo nada. Ou pelo menos não muita coisa. Levei o livro comigo para a Savoia, esperando que a minha semana de imersão francesa me ajudasse a terminá-lo. Mas não foi nada disso. Pensava que, de qualquer forma, era um livro esquisito, onde não se falava de abelhas. Nem de flores azuis, aliás. Ora estávamos no Sena, num barco, ora muito longe no tempo, com outros personagens que, no entanto, pareciam ser os mesmos. Bebiam. Dormiam, bastante. Como eu, aliás, cada vez que tentava avançar na leitura — depois da minha última noite no chalé, acordei com as *Flores azuis* sobre o meu rosto, cheguei mesmo a amassar várias páginas do livro sem querer.

Entretanto, ainda me agarrava, queria mais do que tudo ir até o fim — mesmo que eu me perdesse bastante. As frases e as cenas se misturavam na minha cabeça, como um rolo de lã caído entre as patas de um gato brincalhão. Mas não importa.

É que eu já a via, a bibliotecária do Blanc-Mesnil, me perguntando com um risinho na voz, *e então, esse livro, você leu até o fim?* Só para escapar da cena anunciada eu fazia questão de ir até o fim da última página. Não queria dar a ela o prazer de ter acertado, só porque eu ainda tinha sotaque. Muito menos o de vê-la voltar com o Pequeno Nicolau em troca — estava fora de cogitação.

E depois, de qualquer modo, eu sei bem: a gente sempre chega ao fim de um emaranhado de lã, mesmo quando ele é provocado pelo mais ardiloso dos gatos.

OS VESTIDOS DO TYROL

Era a minha primeira primavera desse lado do Atlântico, uma primavera incontestável que havia tomado conta da Voie-Verte em apenas alguns dias. Então, minha mãe partiu em busca de roupas novas — mais do que nunca, era preciso que alimentássemos o nosso guarda-roupa de peças mais leves.

Uma noite, ela apareceu no meu quarto com seus troféus, saias e camisas para ela e para a Amália e muitas roupas que a senhora da Assistência católica, que já conhecíamos muito bem, havia cuidadosamente reservado para mim.

Tive a impressão de que essa bolsa saíra do mesmo armário de onde minha mãe trouxe as roupas de dois meses atrás, quando ainda estávamos no meio do inverno. Lá dentro, havia alguns tricôs listrados, uma regata marrom e amarela de losangos e *dois vestidos exatamente do seu tamanho*: em todo o caso, foi o que minha mãe me disse.

Parecia que os vestidos em questão nunca haviam sido usados — *você vai ver, eles ainda têm nas costas os pequenos fios de plástico que servem para segurar as etiquetas indicando o preço. As pessoas aqui se desfazem de coisas novas, é inacreditável!* Minha mãe se surpreende a cada vez, e eu junto com ela. É que, do outro lado do oceano, a gente não joga nada fora: as velhas toalhas viram dezenas de lenços e a gente desfaz os casacos que ficaram muito pequenos para fazer meias.

O primeiro vestido da Assistência católica que ela tirou da bolsa grande era vermelho e azul, com um grande avental branco costurado na altura da cintura e lacinhos pretos nas costas. Minha mãe logo o identificou como *um vestido de Tyrol*.

— Para te lembrar da semana nos Alpes, você não poderia ter sonhado melhor!

— Hmm... E o outro?

O segundo vestido talvez não fosse *exatamente de Tyrol*, segundo minha mãe, ainda que ele parecesse bastante com o outro. Não tinha o avental incorporado, mas era coberto de pequenas flores bordadas, vermelhas e rosas na altura do corpete e verdes a partir da cintura até a parte de baixo da saia.

— Parece roupa do campo, também...

Finalmente, do fundo da bolsa, minha mãe pegou um par de tamancos, muito pequenos para ela e ainda muito grandes para mim. Mas, como ela disse, acabariam servindo em mim: foi prevendo esse dia que os coloquei debaixo da minha cama.

Enquanto eu provava o segundo vestido — o que parecia do campo, mas não exatamente de Tyrol — tive a impressão de que a minha mãe se segurava para não rir. Mas, aparentemente, foi só uma ideia da minha cabeça.

— O que me faz sorrir é que ele fica ótimo em você, esse vestido. Se você fizer tranças, vai se parecer com a Heidi, disse minha mãe.

Eu tinha realmente a impressão de que ela estava caçoando de mim, mas ela fazia como se não fosse nada.

Me parecia que o vestido florido, ao contrário do vestido com avental, era mais discreto, com certeza por ser menos característico de Tyrol.

— Está bem, vou vesti-lo.

Eu já estava no corredor central para encontrar a Inês quando realmente percebi as flores. Eram minúsculas mas estavam por toda a parte, até nas mangas e sobre a fita que fazia às vezes de cintura, bem no meio do vestido: entre as pequenas flores vermelhas e rosas que recobriam o meu busto até o início do pescoço e as flores verdes que desciam até os joelhos, na parte da frente, alguém havia tido a ideia de colocar uma faixa que fazia alternarem os dois tipos de flores coloridas. E, quando estava em movimento, sentia que, ao contrário do que pensamos na véspera, minha mãe e eu, o vestido não era exatamente do meu tamanho: ele me apertava estranhamente na altura das axilas. Talvez por causa dos botões no meu peito — tive a impressão de que haviam crescido durante a noite.

Atrás de mim, naquela manhã, Carlos me seguia, como sempre. Mas um pouco mais de longe que de costume, me pareceu, como se o meu vestido dos Alpes o tivesse mantido à distância:

Quando me viu, a Inês logo disse:

— Olha, você está de vestido novo?

Não respondi. Sim, ele era novo: só se via isso.

Quando encontramos Luís, por um momento, tive a impressão de que ele ia dizer alguma coisa. Felizmente, desistiu.

Quanto ao Carlos, ele permaneceu em silêncio durante todo o trajeto. Meu vestido de flores o havia realmente acalmado. Eis que, por uma vez, o itinerário matinal mudava um pouco.

MAGNOLIAS FOR EVER

Nadine mora atrás da escola, no setor dos sobradinhos. A casa que ela ocupa com a mãe fica no fundo de um corredor, atrás de uma pérgola florida. É a parte mais bonita de Blanc-Mesnil. Parece um pedaço de Meudon que veio se perder por aqui, no coração do que é cinzento. Numa quarta-feira, ela me convidou à casa dela para o lanche.

Nadine é francesa, como Astrid, mas fala de forma estranha, bem mais estranha do que eu, com o meu sotaque. Às vezes, a gente tem dificuldade de compreendê-la e, por mais francesa que ela seja, acontece de pedirem para ela repetir suas frases. O que, parece, a irrita ainda mais do que quando me pedem. Tudo isso é porque ela tem um fio de cabelo na língua, como diz a Inês — até eu o ouço, o cabelo. Nadine troca o z pelo *s,* ela desliza *z* por toda a parte, encharca todas as vogais com a sua saliva. E lembra-se disso o tempo todo, caso ela tenha se esquecido:

— *Ah, izzo com zerteza,* você tem razão, Nadine. Mas na verdade não sei se você tem razão, minha Nado, não deu pra entender nada!

Não gosto nem um pouco que caçoem dela e Nadine sabe disso, assim que alguém a imita fico tão vermelha quanto ela e sempre ao mesmo tempo, não consigo me controlar. Basta que a raiva e a vergonha tomem conta dela para que eu imediatamente as sinta tomando conta de mim, toda vez minhas bochechas ficam queimando e baixo a cabeça até que Nadine consiga responder — ou virar a página, ignorando os caçoadores. Acho que é por isso que ela me convidou à casa dela naquele dia. Entretanto, sei que, no fundo, gosto um pouco que ela fale estranhamente, que tenha esse problema de pronúncia que todo mundo escuta. Essas vogais que ela afoga na própria baba e que fazem os outros rirem me deixam muito triste e me alegram ao mesmo tempo, é estranho: é por tudo isso que eu gosto muito dela, da Nadine.

Na casa dela, Claude François é adorado. Tanto pela mãe e avó quanto pela Nadine, é uma verdadeira paixão. Mas o Claude François morreu no ano passado, Inês me contou que ele se eletrocutou no banheiro, *mas nunca comente isso com a Nadine, ela ficaria muito triste.* É que no sobradinho atrás da pérgola, ninguém superou a sua morte.

Na entrada, um retrato do cantor fica em cima da cadeira, bem em frente à parede recoberta por um tapete de flores rosas e brancas onde, em breve, será pendurado, como Nadine me explicou. Foi sua avó que o bordou, no ponto-cruz, nos mesmos tons pastéis do papel de parede florido — foi também a avó que pintou a moldura tentando reproduzir as flores da tapeçaria, como se, sobre o círculo de madeira do seu entorno, todas as flores convergissem em sua direção. Por alguns instantes, Nadine levantou o quadro até o lugar destinado a ele, colou-o contra a parede para que eu pudesse imaginar a entrada quando o rosto de Claude François estiver no seu lugar:

— É azim que vai ficar.

No seu quarto, o mesmo rosto está em todas as paredes. Os pôsteres são tão numerosos que, às vezes, suas bordas chegam a se encostar. Mas a falta de espaço não freou a paixão pelas coleções de Nadine: nas imagens grandes do cantor, no lugar onde o fundo sobre o qual se destaca seu rosto não importa muito para ela, Nadine colou fotos bem pequenininhas de Claude François, recortadas de jornais e revistas.

E ela tem todos os seus discos. *Tenho tudo*: ela parece estranhamente orgulhosa enquanto cobre a cama de dezenas de 45 e 33 rotações. É que ela tem todo o Claude François, só para ela, às vezes, até mesmo em dobro.

Sobre uma das fotos que estão em cima da cama de Nadine, Claude François se parece enormemente com Luís, mas loiro, a semelhança é mesmo impressionante: tanto em um como no outro, os cabelos lisos cacheiam-se ligeiramente na região do pescoço e se abrem sobre o rosto como dois panos de uma cortina. Com certeza lhe acontecia de se esconder atrás dessas cortinas de cabelo, como faz Luís quando Carlos o faz chorar.

Logo depois de voltar da cozinha onde tinha ido buscar uma bandeja de morango, Nadine fechou a porta e as cortinas do quarto: a partir de agora, estávamos a salvo, no coração do seu pequeno templo. Depois, ela pegou alguns discos antes de empilhá-los uns sobre os outros numa ordem precisa. Nadine sabia o que queria escutar e como essas músicas deviam se encadear. É que ela conhece não apenas todas as canções de Claude François, mas também os seus efeitos, desejo louco de dançar ou de se lançar sobre um travesseiro com os olhos fixos no teto, ela programou a nossa tarde como uma conhecedora perfeita do repertório. Começando por *Alexandrie Alexandra,* cuja a letra repetia enquanto dançava em frente a mim — era estranho, mas parecia que, quando cantava sobre a voz de Claude François, Nadine não trocava mais o *s* pelo *z*.

Eu a observava soltar um grito antes de colar as mãos sobre o peito, como se ela puxasse uma corda em sua direção, *rah!* — o barulho parecia vir do fundo de sua garganta e preencher plenamente os pulmões. Depois, lançava os braços à frente, como se empurrasse a corda para longe, expirando com um lamento: *hah!* Ela ficava engraçada quando parava bruscamente, movendo os quadris, uma mão sobre a cintura e a outra sobre a coxa. Ela me olhava sorrindo antes de sacodir bastante as nádegas e recomeçar rapidamente:

— Você não danza?

Eu fazia que não com a cabeça, mas logo adicionava um sinal com a mão, para lhe dizer para continuar. É que eu gostava bastante de olhá-la.

Quando a primeira canção acabou, no entanto, depois de ter dançado com tanto entusiasmo, Nadine assumiu um ar sombrio, de repente. É que tínhamos mudado de registro, *Comme d'habitude* era a canção ideal para se lançar em confidências. Então, ela se deixou cair novamente sobre a cama, convidando-me com um gesto a fazer o mesmo, ao seu lado.

— Ah, foi muito trizte, trizte, eu e minha mãe zoramos tanto! Nem te conto, ela ficou dezesperada...

Esse *dezesperada* também me emocionou. É que a gente se comunica de forma estranha, eu e Nadine: senti meus olhos se encherem de lágrimas ao mesmo tempo que o dela. Sim, deve ter sido terrível, atrás da pérgola.

Mas, inesperadamente, Nadine pareceu bastante agitada. Endireitou-se de repente e começou a fazer grandes gestos enquanto me olhava com os olhos úmidos, em seguida ela colocou uma das mãos sobre os lábios, como para conter um grito de terror. E, no entanto, não saía nenhum som da sua boca, nem mesmo um suspiro — é que não havia palavras para descrever o que ela estava sentindo, ela estava literalmente transbordando por dentro. Eu não sabia o que fazer para consolá-la, também não tinha palavras, então me levantei para abraçá-la. À frente do cantor desaparecido que, pelos quatro cantos do quarto, tinha os olhos fixos sobre nós.

Rapidamente, Nadine recuperou o fôlego. Então, deixou os meus braços para colocar um novo 45 rotações no toca-discos, alguma coisa dançante, dessa vez:

— Vozê também ficou trizte quando ele morreu, não é?

— Eu não estava na França nessa época, cheguei depois da morte do Claude François.

— Você não estava aqui quando ele era vivo?

Apesar de parecer recuperada, depois de mudar o disco, Nadine, apesar da música dançante que se ouvia naquele momento, aparentou novamente estar destruída.

— Vozê não o conheceu, vozê veio depois da zua morte?

Seus olhos pareciam novamente úmidos, mas o que a deixava triste, agora, é que eu tivesse perdido aquela época, a época em que Claude François era desse mundo. Que eu tivesse chegado depois, tarde demais.

— Mas vozê conheze as zuas canzões?

Preferi mentir um pouquinho, não queria abalá-la ainda mais:

— Conheço muitas, sim...

É *Magnolias for ever* que estávamos escutando: o nome estava escrito em letras cor de rosa na capa, bem em cima da cabeça do cantor com suas cortinas de cabelos louros.

— É essa, exatamente, a minha preferida!

Além do mais, é verdade: eu gostei imediatamente dessa canção. Para convencê-la, dessa vez fui eu que comecei a dançar, as palmas das mãos abertas, os dedos apontados para o céu.

MEUS TUBOS

Durante os meus primeiros meses na França, por muitas vezes me perguntei como seria na cabeça das pessoas que falam francês desde sempre.

Várias vezes me aconteceu de viver uma mesma cena, de forma idêntica. Eu me encontrava frente a uma pessoa que, de repente, começava a falar francês a todo o vapor, rápido demais para mim. As frases iam se acumulando na minha cabeça sem que eu pudesse capturá-las, primeiro eu tentava me agarrar às palavras que conhecia, tentava estabelecer relações entre elas para dar um jeito em todas as que tinham permanecido à sombra. Criava mentalmente as minhas hipóteses. Muitas interpretações já me pareciam possíveis, previa diferentes saídas. Mas, enquanto ainda refletia sobre a hipótese anterior, a pessoa que estava falando lançava novas frases em francês, cada vez mais rápidas. Três, quatro novos lances e eu me perdia, estava completamente afundada. Era, então, impossível me agarrar ao que quer que fosse, não distinguia mais nada, mesmo as palavras que já me eram familiares há muito tempo acabavam por se perder no fluxo de todas as que me escapavam. Ora eu tinha a impressão de ter sido levada com elas, ora, ao contrário, de ser definitivamente excluída: como um estranho no ninho eu as via se afastando na corrente dessa língua que não queria saber de mim, enquanto permanecia, impotente, à margem. É sempre nesse momento que eu me perguntava como era possível, como se fazia, de verdade, na cabeça do outro? *Por onde isso passa?*

Ainda que, após um ou dois meses, já não me perdesse dessa maneira, numa noite do mês de maio, mais uma vez, pensei nisso longamente, antes de dormir.

Estava no meu quarto, as luzes apagadas. Enquanto tentava distinguir na penumbra os tubos do papel de parede do meu quarto, seguir os desenhos com a ponta dos dedos, de novo, eu tentava entender: como é na cabeça da Astrid? E na da Nadine? Como elas fazem para pensar em francês e então logo falar, num mesmo movimento? Do que ele é feito, esse circuito? *Por onde isso passa?* Eu tinha a impressão de que nunca ia encontrar a abertura desses tubos — e, como a cada vez em que eu pensava nessas canalizações pelas quais eu não conseguia deslizar, isso me deixou mesmo bem triste.

É que, ainda que eu falasse cada vez melhor, ainda que as palavras que me escapavam fossem a cada dia menos numerosas, para mim, isso acontecia sempre em dois tempos. O problema estava aí, eu sabia bem: ainda pensava em espanhol, depois traduzia mentalmente o que queria dizer antes de abrir a boca. Toda vez, eu fazia uma espécie de resumo para não tornar a tarefa ainda mais pesada. Era isso, o que não funcionava: para encontrar a entrada dos tubos, é preciso ir direto — sem desvios.

Mas, um dia, pela primeira vez, pensei em francês. Assim, sem me dar conta. Pensei e falei em francês *ao mesmo tempo*. Aconteceu numa manhã, bem cedo — e, no entanto, já era dia. A luz penetrava no meu quarto pela janela sem cortinas que dava para a avenida. Nos muros, as canalizações cor creme tinham reflexos dourados que chegavam a mim pela fenda minúscula do olho que eu tentava abrir. Estava entre o sono e a vigília, a cabeça ainda encostada sobre *As Flores azuis*, cuja leitura eu havia terminado justamente na noite anterior — tinha pelo menos um mês de atraso na biblioteca do Blanc-Mesnil, mas estava muito contente de poder retornar até lá após ter conseguido chegar ao fim do desafio. De poder anunciar à bibliotecária, principalmente — enquanto adormecia, na véspera, só de imaginar a cena eu exultava com antecedência, é por isso que eu havia guardado o livro bem perto de mim.

Aconteceu numa manhã, então. Minha mãe se preparava para deixar a caixa de tubos da sala — onde tudo é laranja, marrom e amarelo — para ir cuidar das crianças do *Claparède*. Ela estava juntando as suas coisas enquanto eu, ao lado das canalizações que a luz do dia dourava ligeiramente, eu tinha a cabeça postada contra *As flores azuis* de Raymond Queneau. É então que, de repente, eu me ouvi perguntar à minha mãe, da minha cama: *tu m'as laissé les clés?*[2]

Ela ficou tão supresa! É que eu não estou traduzindo isso tudo para contar a vocês, não. Foi exatamente assim que eu perguntei à minha mãe, e não de outro jeito: *tu m'as laissé les clés?*

Também fiquei estupefata, e como fiquei!

Por qual canal essas palavras haviam passado até chegar aos meus lábios, sem me avisar? Por onde elas haviam passado?

— *¡Hablaste en francês!*

Minha mãe se espantou, em espanhol: *você falou em francês!*

É verdade que foi estranho.

Fiquei maravilhada e assustada ao mesmo tempo.

Minha surpresa era tamanha que me tirou completa-

[2] Em francês: Você me deixou as chaves? [N.T.].

mente o sono, de supetão. Fixei os olhos longamente sobre os tubos do meu quarto. Pela primeira vez, na minha cabeça, eu não havia traduzido. Havia encontrado a abertura. Subitamente, naquela manhã, me enfiei por dentro daqueles tubos que, por muito tempo, acreditei serem inacessíveis.

SEGUNDA-FEIRA

Foi, precisamente, na semana seguinte, que consegui deslizar no envelope de segunda-feira a imagem que meu pai esperava há tanto tempo: não sei bem qual a relação com os meus tubos, o que é certo é que foi depois de haver me enfiado dentro deles que pude escolher a quinta foto tantas vezes pedida.

A escolhida parecia ideal, ela se parecia bastante com a foto que meu pai havia tantas vezes imaginado, por escrito. Ainda hoje, eu a guardo na memória.

Nela, vê-se nós duas juntas, eu e minha mãe — o que faria para o meu pai duas fotos numa só, exatamente como ele queria. Não estamos tão perto da câmera, mas também não estamos tão longe — acho que posso mesmo dizer que era um verdadeiro *plano americano,* tal como meu pai queria. Dava para ver bem o rosto da minha mãe e o meu, de frente, e uma parte dos nossos corpos, até a metade das coxas, um pouco menos das minhas, porque sou menor. Estamos encostadas no muro, de um lado e de outro da janela aberta, que deixa ver um pouco da cidade. Meu pai saberia, enfim, ao que se parecia a Voie-Verte: um caminho entre alguns prédios cinzas e uma caixa de areia. Minha mãe está com os cabelos desfeitos enquanto os meus estão presos em longas tranças, mas não estou com o vestido de Tyrol. Evidentemente, os tubos estão lá, mas só um pouco. Apenas para mostrar um pouco do cenário.

Tinha quase certeza de que ele ia gostar dessa foto. Até porque não havia desconhecidos na imagem, nenhum convidado surpresa que pudesse se distinguir no exterior, na avenida da Voie-Verte. Nem mesmo o reflexo da Amália no vidro da janela, uma vez que era ela que estava por trás do aparelho no dia em que nós posamos para a quinta foto. Sim, essa imagem tinha tudo a seu favor. Ela conseguiria escapar das tesouras dos guardas.

Lembro-me de tê-la deslizado no envelope como se não fosse nada, sem dar qualquer explicação sobre esse longo período de espera, nem sobre o meu silêncio persistente. Como se todo esse tempo tivesse sido necessário para que a foto, enfim, aparecesse.

Acho que, na carta dessa segunda-feira, a que continha a quinta foto, eu lhe contei sobre as palavras francesas que haviam saído da minha boca sem que eu tivesse pensado. E que ousei contar ao meu pai sobre o livro de Raymond Queneau. Mas só um pouco.

É que, ainda que estivesse no fim da minha leitura, no fundo, sabia muito bem que não havia compreendido grande coisa. Havia engolido as palavras e as frases, devorado o livro até a última linha. Mas o que me havia restado, no fim, permanecia bastante confuso... Entretanto, ainda que muita coisa tenha me escapado, tinha a impressão de que o livro havia acabado por fazer efeito, à sua maneira.

É por isso que, de algum modo, podia-se pensar que a bibliotecária tinha razão. Mas, no fundo, ela estava errada. Ela estava, mesmo, completamente errada: é porque eu estava convencida de que tinha muita vontade de dizer alguma coisa sobre esse livro. Nada de muito preciso, entretanto, do contrário, certamente haveria na minha carta um monte de besteiras. Mas, de qualquer modo, haveria algo.

Então, eu disse ao meu pai simplesmente que tinha gostado da história do Cidrolin tanto quanto da do duque de Auge, e que estava bem contente que no fim eles tenham podido se encontrar para conversar um pouco: isso, eu tinha certeza de que estava no livro.

Então, traduzi para ele, em espanhol, a última frase do romance — primeiro porque era mais prudente do que contar a história, mas também porque, de verdade, ela me parecia perfeita. É que as flores anunciadas apareciam ali: ao fim de duzentas e setenta páginas, elas finalmente tinham dado as caras! Ainda que muitas coisas tenham permanecido às escuras, ainda que tenha sido tão difícil chegar até o fim da minha leitura, assim que eu li essa frase, disse a mim mesma que, apenas por causa dela, já tinha valido a pena:

Uma camada de sedimentos ainda recobria a terra mas, aqui e lá, já brotavam pequenas flores azuis.

Este livro nasceu de algumas lembranças persistentes e um pouco confusas, de um punhado de fotos e de uma longa correspondência da qual só subsiste uma voz: as cartas que o meu pai me enviou após minha partida da Argentina, onde era preso político já há alguns anos. Entre o mês de janeiro de 1979 e o momento em que ele pôde deixar a Argentina, nos escrevemos uma vez por semana — as minhas cartas desapareceram, mas conservo eu as dele. A primeira data de 21 de janeiro de 1979, a última, de 21 de setembro de 1981, algumas semanas depois de sua libertação. Durante todos esses anos, eu as guardei comigo sem ter tido coragem ou a força de relê-las. Fiz isso durante a primavera de 2012.

Obrigada a Jean-Baptiste pelo seu apoio e paciência. À Hélène, turbilhão travesso cujos olhares e sorrisos muito inspiraram essas páginas. À Augustin e Emilien, pela alegria que me trazem. E à Cathy, a melhor das amigas e a mais exigente das leitoras a quem, mais uma vez, devo muito.

Este livro foi composto nas fontes
Source Serif [texto], Mouron e Rousseau Deco [títulos],
impresso pela gráfica Viena em papel Pólen Natural 80g
e diagramado pela BR75 texto | design | produção.
São Paulo, 2023.